LOTTO BLUES

Byun Ki-hyun

HANGUK
한국

First published in Korea in 2005
By GCK Book
French translation rights arranged with GCK Book, Ltd
through Orange Agency

www.casterman.com

ISBN 2-203-37700-3

Imprimé en Italie par CPM. Dépôt légal : mai 2006 ; D. 2006/0053/354.

LOTTO BLUES

Table des matières

Traduit du coréen par Cho Yong-hee.

Adaptation graphique et lettrage : Jean-Luc Ruault.

작가의 말
CLIP!
CLIP!
MMM...
MMM...
QU'EST-CE QUE JE VAIS BIEN POUVOIR ÉCRIRE...
CLIP!
CLIP!
JE N'AI PAS DE DIEU À REMERCIER...
L'IDÉE QUI A ÉTÉ LE FIL CONDUCTEUR TOUT AU LONG DE CETTE OEUVRE ?...
ARGG ! J'AI PAS D'INSPIRATION !!!
MAIS... AVEC QUELLE IDÉE J'AI RÉUSSI À FAIRE TOUT CELA.... MMMM...
MMM...
MMM...
CLIP!
CLIP!
HERE WE GO !
HERE WE GO !

LOTTO BLUES

Sketch au crayon de couleur rouge, drawing au crayon de couleur noir et au pastel à l'huile, couleurs au painter après scan.

AH LÀ LÀ
LÀ LÀ…
F i o u
GLOU GLOU GLOU GLOU GLOU

GLOU GLOU GLOU GLOU GLOU
BROUF
TCHAC
!
!
!

QUE...
QUE...
QUE...
EST... EST-CE QUE... C'EST VRAIMENT LE BILLET GAGNANT ?
C'EST BIEN CE QUE JE VIENS DE TE DIRE.
QU'EST-CE QUE JE VAIS FAIRE DE CE CADEAU DU CIEL...
CETTE QUESTION QUI ME REVIENT SANS CESSE ET ME PRÉOCCUPE.

EST-CE LA VOLONTÉ
DE DIEU.
OU LA MIENNE.
AMEN.
LE... TREMBLEMENT
NE CESSE... PAS...
BRRR
BRRR
BRRR
IL... NE FAUT PAS...
IL FAUT QUE JE DISE
QUELQUE CHOSE...
DIEU, TOI
QUI ES SI
GÉNÉ-
REUX.
FRÈRE !!!
JE... JE ME DEMANDE...
SI CE N'EST PAS
LE GENRE DE CHOSE
QU'IL VAUT MIEUX NE
PAS MONTRER.

MOI AUSSI, J'Y AI DONC BEAUCOUP RÉFLÉCHI AVANT DE VENIR.
ÉCOUTEZ UN PEU LE RÉCIT DE MA SITUATION COMPLI-QUÉE...
AVEC M. KIM, NOUS NOUS ÉTIONS RENCONTRÉS EN FAISANT DU BÉNÉVOLAT POUR LES SDF. JE N'AVAIS QUE LE BILLET DE LOTTO EN TÊTE ET JE N'AI PRATIQUEMENT RIEN ÉCOUTÉ DE SON HISTOIRE. MAIS APRÈS, QUAND J'AI REPRIS MES ESPRITS, ET QUE J'AI RECOLLÉ LES MORCEAUX DE CE QUE J'AVAIS ENTENDU... CELA DONNAIT UNE HISTOIRE À PEU PRÈS COMME ÇA...
...
EN RÉALITÉ, JUSQU'À IL N'Y A MÊME PAS UN AN J'ÉTAIS DANS LES AFFAIRES... MAIS AVEUGLÉ PAR L'ARGENT, JE N'AI PAS TENU COMPTE DE MES POSSIBILITÉS FINANCIÈRES ET J'AI COMPLÈTEMENT FAIT FAILLITE.
LE PROBLÈME C'ÉTAIT QUE J'AVAIS EMPRUNTÉ BEAUCOUP D'ARGENT PAR-CI PAR-LÀ.
AH !
MON-SIEUR !
PAF
CRAC

SAC
SAC
SAC
SAC
JE ME SUIS LAISSÉ DIRE QUE ...
... TON FILS ÉTAIT AU COLLÈGE !
!!!
S'IL VOUS PLAÎT... JE ME DÉBROUILLERAI POUR L'ARGENT ! MON FILS N'A RIEN FAIT DE MAL !
S'IL Y A UNE CHOSE DONT JE ME SUIS RENDU COMPTE EN TRAVAILLANT COMME UN FOU PENDANT DIX ANS POUR GAGNER DE L'ARGENT...
... C'EST BIEN QUE CELUI QUI N'A PAS D'ARGENT EST UN PÊCHEUR.
PITIÉ !
PITIÉ !
FINALEMENT, TOUTE MA FAMILLE S'EST ÉPARPILLÉE POUR VIVRE CACHÉE ET MOI JE ME RETROUVE DANS CETTE SITUATION.
ET MON FILS QUI N'A PAS PU ÉTUDIER CORRECTEMENT À CAUSE D'UN PÈRE COMME MOI... SNIF.

CRAC
CRAC
GLOU
GLOU
BRRRR
!!!
BROUF
LOTTO
INCROYABLE
!

MON... MON RÊVE ! J'ESPÈRE QUE PERSONNE D'AUTRE NE L'A VU !
HUMPF
HUMPF
HUMPF
HUMPF
...
JE NE LE VOYAIS QUE COMME CELUI QUI AURAIT DÛ ÊTRE « L'HEUREUX GAGNANT » QUI PASSE À LA TÉLÉVISION. MAIS EN ÉCOUTANT CE QU'IL AVAIT À ME DIRE, JE M'APERÇUS QUE J'ÉTAIS AVEUGLÉ PAR CE QUE REPRÉSENTAIT CE BILLET.
À LA SECONDE OÙ J'IRAI REMETTRE CE BILLET, LES CRÉANCIERS VONT SE JETER SUR MOI.
LOTTO 6/45
JE SUIS DÉSOLÉ DE VOUS DEMANDER CE SERVICE MAIS... SI VOUS ME DONNEZ UN PEU D'ARGENT POUR TENIR QUELQUE TEMPS...
LA PHRASE QU'IL ALLAIT PRONONCER SERAIT LA PLUS DÉTERMINANTE.

SI, MONSIEUR LE CURÉ, VOUS POUVEZ ALLER RENDRE CE BILLET À MA PLACE JE COMPTE FAIRE DON À L'ÉGLISE D'UN MILLIARD SUR LES TROIS MILLIARDS.
À CE MOMENT-LÀ JE L'AI SENTI QUI SE TENAIT DERRIÈRE MOI, ÉTRANGER MAIS SI FAMILIER.
TAC
UN MILLIARD !
GLOU GLOU GLOU

TCHAC
MONSIEUR LE CURÉ, VOUS ÊTES DIVORCÉ N'EST-CE PAS ???
MAIS... VOTRE PARTENAIRE N'ÉTANT PAS DIVORCÉE, VOUS N'AVEZ PAS DE CHANCE. BAH... MÊME EN NE TENANT PAS COMPTE DE L'ASPECT LÉGISLATIF, QU'UN HOMME D'ÉGLISE COMME VOUS, QUI VIVEZ DE LA CONFIANCE DES GENS ...
후

JE... JE L'AIME !!!
MAIS... PARMI TOUTES CES FEMMES, IL A FALLU QUE VOUS TOMBIEZ AMOUREUX D'UNE FEMME MARIÉE QUI EN PLUS EST UNE FIDÈLE DE L'ÉGLISE !!!
타 탁
IL N'Y A PAS D'EXPLICATION À L'AMOUR !!!
COMME UNE LUEUR DANS LES TÉNÈBRES, CELA NE PEUT PAS ÊTRE AUTREMENT ! CET AMOUR, QUI EST VENU ME TROUVER, C'EST UN DON ENVOYÉ PAR DIEU...
PUTAIN FAIS CHIER !!!
TAC TAC

JE T'AI PAS DEMANDÉ DE ME FAIRE UN SERMON !!!
FRANCHEMENT, J'EN AI RIEN À FOUTRE DE CE QUE VOUS FAITES TOUS LES SOIRS À L'HÔTEL !!! LES PORNOS JE LES TÉLÉCHARGE !!!
MAIS IL SE TROUVE QUE J'AI LES PHOTOS ! DONNE-MOI LE FRIC ! LE FRIC ! TU ME GONFLES !!!
LOTTO
제 114 회
PLUS J'Y REPENSE ET PLUS JE ME D QUE C'EST INJUSTE.

MÊME SI C'EST TOI QUI VAS CHERCHER CET ARGENT, CE NE SERA PAS LE TIEN.
BRRR BRR
TU LUI AS TROUVÉ UN LOGEMENT ET MÊME DONNÉ DIX MILLIONS POUR VIVRE.
TU NE POURRAIS PAS LUI EXPLIQUER NOTRE SITUATION ET LUI DEMANDER DEUX CENTS MILLIONS ?
VLAN
ET MON IMAGE ALORS ?
TU TE SOUCIS DE TON IMAGE ! MAIS RÉFLÉCHIS À NOTRE SITUATION. CHÉRI... COMMENT VAS-TU TROUVER DE L'ARGENT ???
JE ME DÉBROUILLERAI... EN TOUT CAS, IL N'EST PAS QUESTION QUE L'ON PRENNE CELUI-LÀ... NE TE PRÉCIPITE PAS.
MAIS IL N'Y A MÊME PAS DE PREUVE !

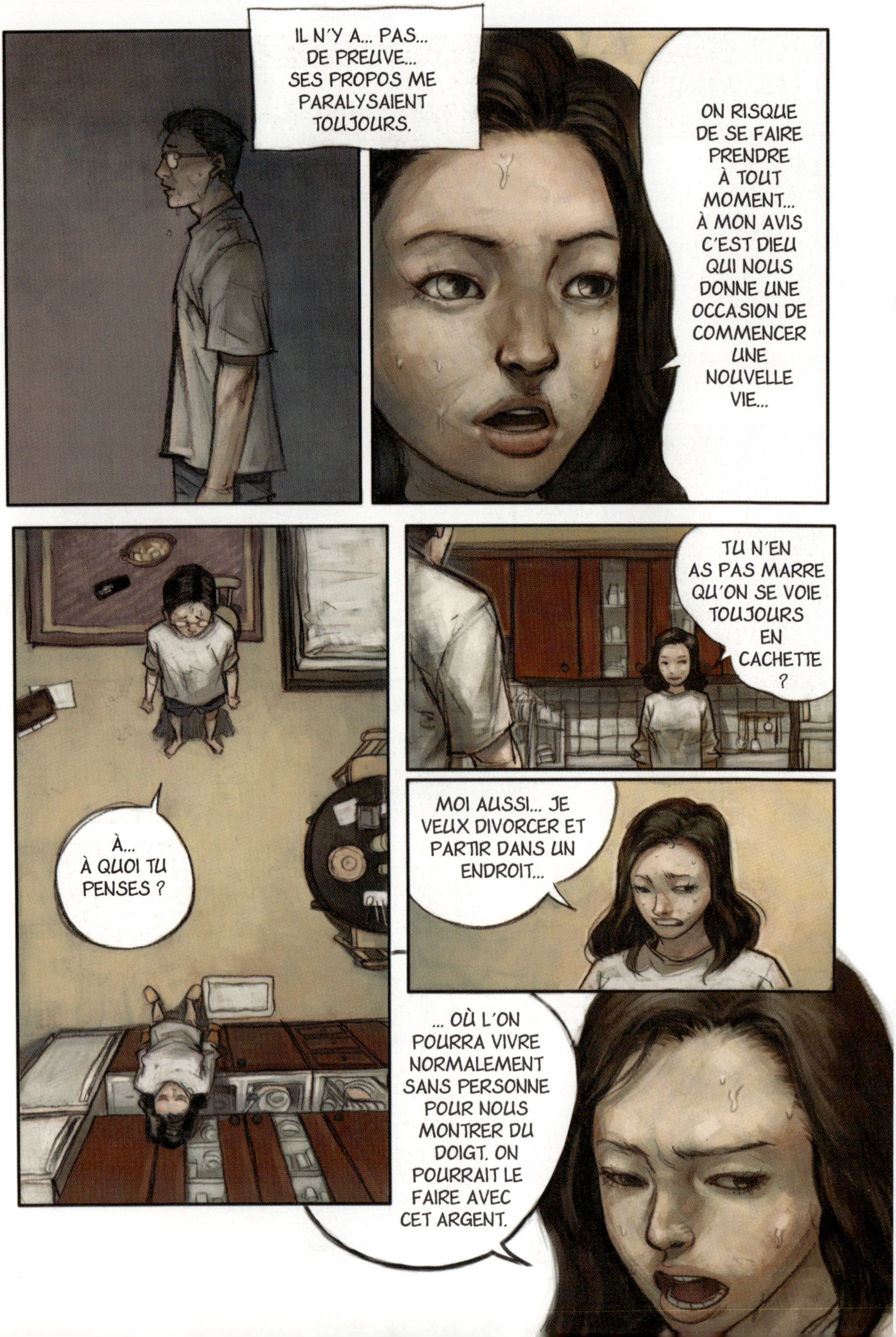
IL N'Y A... PAS... DE PREUVE... SES PROPOS ME PARALYSAIENT TOUJOURS.
ON RISQUE DE SE FAIRE PRENDRE À TOUT MOMENT... À MON AVIS C'EST DIEU QUI NOUS DONNE UNE OCCASION DE COMMENCER UNE NOUVELLE VIE...
À... À QUOI TU PENSES ?
TU N'EN AS PAS MARRE QU'ON SE VOIE TOUJOURS EN CACHETTE ?
MOI AUSSI... JE VEUX DIVORCER ET PARTIR DANS UN ENDROIT...
... OÙ L'ON POURRA VIVRE NORMALEMENT SANS PERSONNE POUR NOUS MONTRER DU DOIGT. ON POURRAIT LE FAIRE AVEC CET ARGENT.

GARDONS CE BILLET POUR NOUS !!!
C'EST... C'EST DE LA FOLIE. TU... VOUDRAIS QUE JE ME TIRE AVEC L'ARGENT DE NOTRE PAUVRE FRÈRE QUI EST DANS LE PÉTRIN... !?!
ET MOI ALORS ? JE NE SUIS PAS À PLAINDRE MOI ?!? JE RISQUE D'ÊTRE MONTRÉE DU DOIGT TOUTE MA VIE EN TE FAISANT CONFIANCE ! TU VAS ME LAISSER TOMBER ET ESSAYER DE VIVRE HONNÊTEMENT ?

JE NE PEUX PAS LUI TENIR TÊTE.
CE N'EST PAS AUSSI SIMPLE.
ET LUI, IL EN A PROFITÉ POUR LUI PARLER.
LES ANIMAUX RÉAGISSENT TOUJOURS TRÈS VIOLEMMENT CONTRE CEUX QUI LES MENACENT. SI TU NE L'ÉLIMINES PAS DU PREMIER COUP TU RISQUES D'ÊTRE ATTAQUÉE EN RETOUR.
IL EST INDÉCIS. IL NE SE CONNAÎT PAS LUI-MÊME, TELLE UNE MOUCHE QUI SE PRENDRAIT POUR UN PAPILLON.
CE TYPE EST CRUEL, CYNIQUE ET LIBRE.
BEURK

KOF
KOF
KOF
DEVANT CES MOTS QUI M'AVAIENT PERCÉ À JOUR, MA VOLONTÉ A FLÉCHI LAISSANT PLACE À LA PEUR.
EH BIEN... VOUS VOILÀ MONSIEUR LE CURÉ.
BONJOUR.
HA HA HA. BIENVENUE !!!

...
VIEUX POURRIS !
SELON LA BIBLE, COMME ON PERDRAIT SES SOURCILS, ET QU'ON PERDRAIT SES DOIGTS LORSQU'ON ATTRAPE LA LÈPRE, CELUI QUI ATTRAPE....
... LA MALADIE QU'EST LE PÉCHÉ, SE MET À HAÏR AUTRUI À VIOLER AUTRUI ET À VOLER AUTRUI.
PAR CONSÉQUENT, LE MEURTRE, LE VOL SONT PLUS PRÉCISÉMENT, NON PAS DES PÉCHÉS MAIS DES SYMPTÔMES QU'APPORTE LE PÉCHÉ.

PSAUME PAGE 51, CINQUIÈME PARAGRAPHE, DAVID DIT : « JE SUIS NÉ DANS LE PÉCHÉ...
... MA MÈRE M'A CONÇU DANS LE PÉCHÉ. »
LEURS REGARDS ME FONT PEUR !
...
...
...

MAIS CHÉRI, CETTE VILLA N'EST PAS SI CHÈRE.
SI ON MET LE FEU EN LE FAISANT PASSER POUR UN ACCIDENT.
LE ROYAUME DES CIEUX EST LE SEUL ENDROIT OÙ ON NE PEUT PAS ALLER ACCOMPAGNÉ DE SES PÉCHÉS.
QU'EST-CE... QUE TU...
J'AI POUR MISSION DE GUIDER LES HOMMES ! ON NE PEUT TOUCHER AU DOMAINE DE DIEU !!!
RETIRE TOUT DE SUITE CE QUE TU VIENS DE DIRE !
CHUT ! MOINS FORT...

MES FRÈRES ! CONFESSER UN PÉCHÉ N'EST PAS CONFESSER UN CRIME !!! C'EST RECONNAÎTRE QUE MOI, ÊTRE HUMAIN, SUIS UNE ENTITÉ DE PÉCHÉS.
PERSONNE NE SOUHAITE VIVRE COMME JÉSUS... ET MOI NON PLUS !
OH... MON DIEU, JE SUIS UN PÉCHEUR.
ABANDONNEZ VOS PRÉTENTIONS !!! DEVANT JÉSUS, TOUT HOMME DOIT SE NIER !
TU AS UNE AUTRE SOLUTION ? POUR MOI C'EST CETTE SITUATION QUI EST UN ENFER !!!

DIEU MON PÈRE ! JE SUIS UN PÉCHEUR QUI NE MÉRITE QUE LA MORT !
SAUVEZ-MOI...
!!!
!!!

SAINT-ESPRIT, ENVAHIS-MOI ET PURGE-MOI DE MES PÉCHÉS !!!
EURK...
PURGE-MOI !!!
대표자해임서 >
* FORMULAIRE DE DÉMISSION
DÉMISSION
STATUT : CURÉ
NOM : HAN YOUNG-SIK
대표자해임
해임된 대표자
목사 한영식

C'EST UNE DÉCISION DU CONSEIL. NE LE PRENEZ PAS MAL. JE PRÉFÈRE ÊTRE FRANC AVEC VOUS, MÊME SI JE SAIS QU'EN VOUS DISANT CECI...
... NOUS RISQUONS DE NOUS ÉNERVER L'UN ET L'AUTRE.
VOUS N'IGNOREZ PAS QUE DEPUIS QUE VOUS ÊTES ARRIVÉ, LE NOMBRE DE FIDÈLES A BEAUCOUP DIMINUÉ, N'EST-CE PAS ?
NON MAIS ! ÇA SIGNIFIE QUE VOUS ME CHASSEZ UNIQUEMENT PARCE QUE JE NE VOUS RAPPORTE PAS D'ARGENT ?!?
VOUS SAVEZ QU'IL Y A DANS LE RÈGLEMENT DES PASSAGES QUI CONDAMNENT TRÈS SÉVÈREMENT LE FAIT DE CONSIDÉRER COMME UNE ENTREPRISE L'ADMINISTRATION D'UNE ÉGLISE !!!

ALLÉLUIA !!!
DÉBARRASSÉ DU PEU DE SCRUPULES QU'IL ME RESTAIT, JE NE FAISAIS PLUS QU'UN AVEC CELUI QUI M'ÉTAIT À LA FOIS SI FAMILIER ET SI ÉTRANGER, ET J'AVAIS L'IMPRESSION DE RENAÎTRE EN UN ÊTRE LIBRE.

GLOU GLOU GLOU

GLOU GLOU GLOU GLOU
BROUF
!
!
!
!
!?!
!

VROOOUM
NOUS PARTONS...
...
...
MAIN-TENANT JE VAIS TE RENDRE HEUREUSE.
JE T'AIME.
MAINTENANT, JE SUIS CERTAIN QUE JE ME TROMPAIS À PROPOS DU BONHEUR.
JE T'AIME.
LES MOMENTS PASSÉS AVEC ELLE ME RENDENT BEAUCOUP PLUS HEUREUX QUE N'IMPORTE QUELLE CROYANCE.

CE QUI EST IMPORTANT N'EST JAMAIS AU CENTRE MAIS SUR LES CÔTÉS...
CREUSER TROP PROFOND...
CO... COMMENT... RE... VÉRIFIEZ ENCORE UNE FOIS S'IL VOUS PLAÎT.
IL EST BIEN FALSIFIÉ MONSIEUR...
C'EST IMPOSSIBLE ! REVÉRIFIE !
KYAA !

ywy@yna.co.kr

Un SDF escroque un curé avec un billet de Lotto falsifié et prend la fuite avec une somme de 10 millions.

En février dernier, Kim qui était SDF découpe deux billets de Lotto des 114e et 115e tirages et produit un billet gagnant falsifié du 114e tirage. Après s'être rapproché de M. Han, curé de l'église X, il lui soutire 10 millions de wons et disparaît. L'enquête est toujours en cours. D'après les policiers, il lui aurait dit que à cause d'une faillite, même s'il recevait l'argent gagné au Lotto, il se ferait tout prendre par les créanciers, et donc il aurait voulu que le curé se charge d'aller chercher l'argent en échange d'un don d'un milliard de wons à l'Église, et qu'il partirait ensuite à l'étranger. Nous savons également que, comme garantie, il aurait reçu 10 millions. D'autre part, l'incendie de la villa que le curé a offert à Kim peut provenir d'une trahison de la part du SDF. L'enquête se poursuit sur cette hypothèse.

AAH !
CE QUE LE FANTASME EST JOUISSIF.
FIOU
HUM !

À FORCE DE RESSENTIR DE TOUT MON CORPS CETTE SENSATION GLACIALE PROFONDE, MON OBSESSION DES QUESTIONS SANS RÉPONSES S'EST DISSIPÉE... LES FANTASMES SONT VRAIMENT JOUISSIFS, MAIS ILS NE ME REMPLISSENT PAS LE VENTRE.
MON SEUL MALHEUR, À PRÉSENT, EST LE VIDE DE MON VENTRE... J'AI FAIM ...
03-2005

IL PLEUT SUR LA LIGNE

Dessin au crayon, liner, painter.

충무지하도상가
시설
중구
3번출구
SHH...
LA FILLE... EST À CÔTÉ DE MOI. PENDANT PLUSIEURS MOIS, APRÈS L'AVOIR RENCONTRÉE POUR LA PREMIÈRE FOIS, J'ÉTAIS OBSÉDÉ PAR L'EXCITATION DE LA RENCONTRER PAR HASARD ET MES FANTASMES... MAIS EST-CE QU'ELLE SAIT AU MOINS QUE J'EXISTE ?...
IL PLEUT À LA SORTIE DU MÉTRO, ELLE N'A PAS DE PARAPLUIE, J'AI UN PARAPLUIE DANS MA MAIN DROITE. JE N'ARRIVE PAS À CROIRE QUE C'EST LA RÉALITÉ ! C'EST VRAIMENT L'OCCASION DE RÊVE !!!

SH...
SMILE
LE SOURIRE QUI TUE !
??????
TAC TAC TAC TAC
!!!

TRIN
WAAH !!! POURQUOI... POURQUOI VOUS ME POURSUIVEZ !?!
OH ! REGARDEZ-MOI CE TYPE, SI TU T'ENFUIS C'EST BIEN QUE TU AS QUELQUE CHOSE À TE REPROCHER !
JE SUIS PAS UN PERVERS ! C'EST PAR UN SENTIMENT INNOCENT QUE...
TAIS-TOI ET RESTE LÀ OÙ TU ES !
SALE TYPE... COMMENT IL ME PARLE !
ESSAYE DE M'ATTRAPER POUR VOIR. JE VAIS COURIR JUSQU'À LA FIN DE TES HORAIRES DE TRAVAIL !

중무지하도상가
시설
중구
3번출구
3번출구
SHH...
QU'EST-CE QU'IL A ? POURQUOI IL NE PART PAS ET IL N'ARRÊTE PAS DE ME REGARDER DU COIN DE L'OEIL ?
BEURK... REGARDE CETTE TONNE DE GEL, VOYOU.
!!!
QUE... QU'EST-CE QU'IL MANIGANCE ?!?

SERAIT-CE... MON PORTE-MONNAIE ?
IL N'Y EST PLUS ! MON PORTE-MONNAIE A DISPARU !
UN POLICIER !
MONSIEUR L'AGENT... J'AI ÉTÉ VOLÉE !
MOI ?
TRIIIIII

JE VIENS DE PRENDRE UNE DOUCHE, PUTAIN !
ARRÊTE-TOI ! ÇA ME FAIT TRANSPIRER !
IMBÉCILE, PRENDRE UNE DOUCHE ALORS QU'IL PLEUT !
QUOI... IMBÉCILE ?!? SI JE T'ATTRAPE JE TE TUE !
HUMPF
ARRÊTE DE BAVASSER. ATTRAPE-MOI SI TU PEUX ! SALE POULET !
JE SUIS TROP FORT À LA COURSE ! T'ES FOUTU !
POU... POULET !?!

JE VAIS TE MONTRER CE QUE C'EST QU'UN FLIC !
SALE GOSSE, JE VAIS LUI FAIRE PEUR.
TAC
SI TU T'ARRÊTES PAS JE TIRE !
???
BANG
!!!
you first
POUF

충무지하도상가
SHH...
TOI QUI ES PURE COMME LA ROSÉE DU MATIN ! NOUS NE NOUS CONNAISSONS PAS ENCORE MAIS NOUS AVONS VÉCU POUR NOUS RENCONTRER.
TOI QUI REGARDES AILLEURS. NOTRE RENCONTRE ÉTAIT NOTRE DESTINÉE.
MAINTENANT, TOI ET MOI NOUS DEVONS ACCEPTER LA FORCE DU DESTIN...
... QUI SE TROUVE DANS CE PORTE-MONNAIE.
FROTT
JE N'OUBLIERAI PAS VOTRE GENTILLESSE !
JE VAIS ALLER M'OFFRIR UN NOUVEAU COSTUME.

!!!
KYAA !
KOF
KOF
KOF
IL EST FOU OU QUOI ?
POURQUOI CE N'ÉTAIT PAS À BLANC !
WAAAH ! IL A VRAIMENT TIRÉ !
FIRST
PFF !
KOF
KOF
KYAA !
QU'EST-CE QUE J'AI FAIT...

JE VAIS MOURIR ? C'ÉTAIT POURTANT UNE BONNE JOURNÉE...
비상구
WAAAH ! AU SECOURS
TIENS ? IL NE PLEUT PLUS.
BIEN... JE VAIS POUVOIR RENTRER CHEZ MOI.
JE SUIS DANS LA MERDE.
JE SUIS DANS LA MERDE.
JE SUIS DANS LA MERDE.
JE SUIS DANS LA MERDE.
JE SUIS DANS LA MERDE.
JE SUIS DANS LA MERDE...
JE SUIS DANS LA MERDE... JE SUIS DANS LA MERDE...
JE SUIS DANS LA MERDE... JE SUIS DANS LA MERDE... JE SUIS DANS LA MERDE... JE SUIS DANS LA MERDE...
FIN

07.2003

AMOUR DANS LA VILLE YOGOURT

Prix du meilleur scénario au festival LG de la bande dessinée 2004.

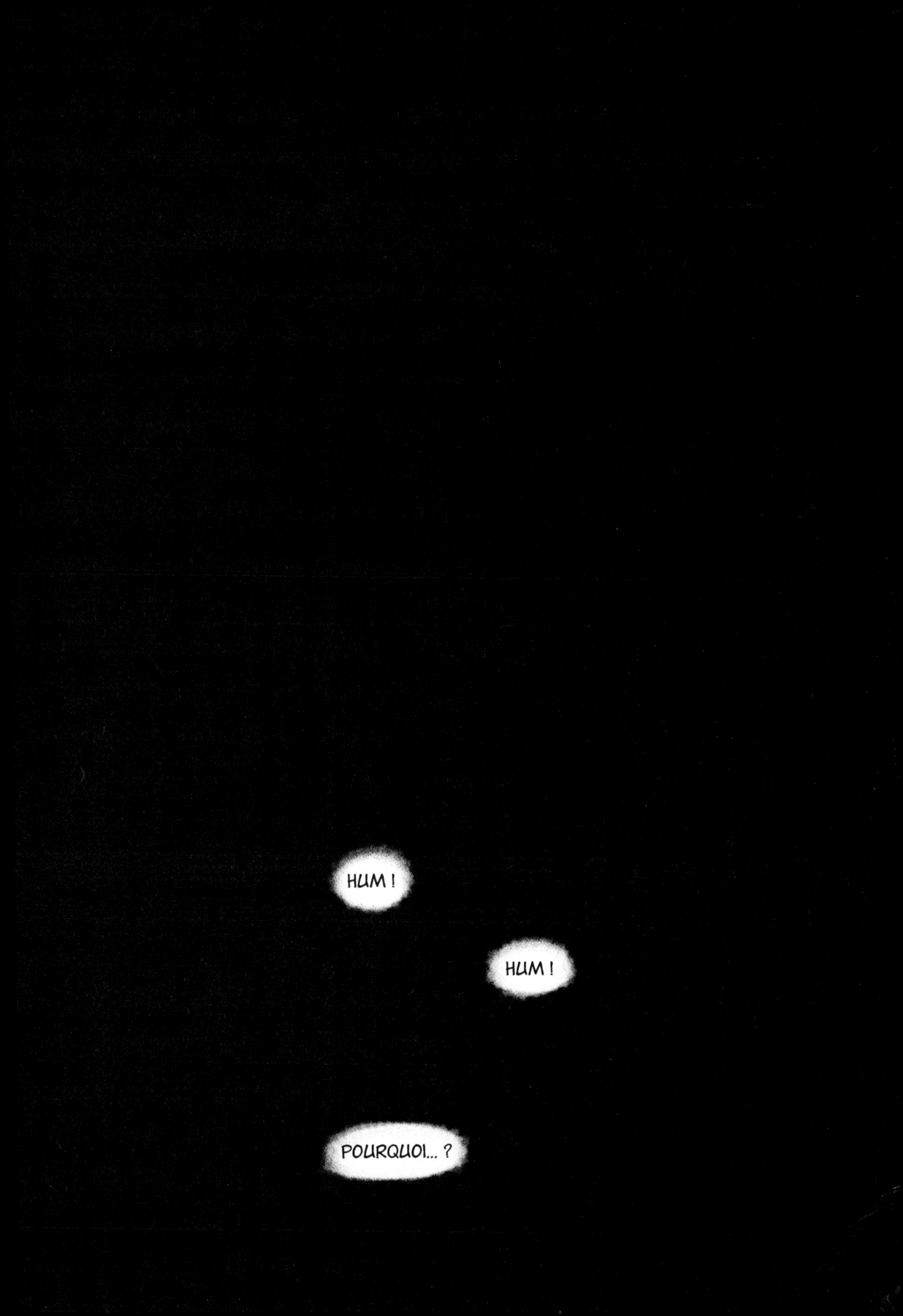
HUM !
HUM !
POURQUOI... ?

ÇA MARCHE PAS ?
AH... ATTENDS UNE SECONDE...
C'EST QUOI LE PROBLÈME...
AH, ÇA MARCHE !
C'EST BON ?
HUM !
HUM !
OK, C'EST PARTI.
ÇA TOURNE !
BONJOUR À TOUS ! C'EST L'HEURE DE L'ÉMISSION DOCUMENTAIRE «CET HOM-ME-LÀ».
?
?
VOUS MANGEZ PROBABLEMENT ENVIRON 3 À 10 YOGOURTS PAR JOUR.
MAIS SUR LE FAIT QUE LE CONCEPT DE « LA DAME AUX YOGOURTS » SOIT EN TRAIN DE SE CRÉER AU CENTRE... VOUS N'ÊTES SÛREMENT PAS NOMBREUX À AVOIR PENSÉ AU SENS QUE ÇA A. QUE SIGNIFIE LEUR EXISTENCE POUR NOUS...

EST-CE UN PRODUIT DE CONSOMMATION QUE L'ON FAIT FERMENTER D'APRÈS LE PROCESSUS DU CENTRE PUIS QUE L'ON JETTE UNE FOIS LA DATE DE CONSOMMATION EXPIRÉE ? C'EST CE QUE L'ON PENSE EN GÉNÉRAL ...
TCHIC TCHIC TCHIC TCHIC
MAIS NOUS AVONS ICI QUELQU'UN QUI NE PENSE PAS DE CETTE FAÇON.
CETTE PERSONNE EST TOMBÉE AMOUREUSE DE LA « DAME AUX YOGOURTS ». C'EST... VRAIMENT AMUSANT N'EST-CE PAS ? COMMENT VAIS-JE DÉMARRER CETTE HISTOIRE ?
S'IL Y A UNE CHOSE DE CERTAINE, C'EST QUE C'EST UNE CHOSE RISQUÉE, ET QUE VOUS QUI REGARDEZ CE DOCUMENTAIRE ÊTES ÉGALEMENT EXPOSÉS À CE RISQUE... HÉHÉ !
CELA NE VOUS PARAÎT-IL PAS PALPITANT ? MAIS JE NE VEUX VOUS IMPOSER AUCUN AVIS. CE QUE JE VAIS VOUS MONTRER NE SERA QUE LA VÉRITÉ ET C'EST À VOUS D'EN JUGER.
BIEN... ALORS... COMMENÇONS.
COUPEZ !
BIEN !

CE QUE VOUS PENSEZ DE LA « DAME AUX YOGOURTS ».
ET BIEN... JE TROUVE QU'IL EST PLUS COMMODE DE TOUT SIMPLEMENT NE PAS LES CONSIDÉRER COMME DES ÊTRES HUMAINS
QU'EST-CE QUE VOUS VOULEZ QUE JE VOUS DISE. SI LA DATE DE CONSOMMATION EST DÉPASSÉE ÇA POURRIT...
BEN... HONNÊTEMENT, JE LES PLAINS... MAIS QU'EST-CE QUE VOUS VOULEZ QUE J'Y FASSE.
C'EST MA MÈRE QUI T'ENVOIE ?
COMMENT QUELQU'UN QUI N'A MÊME PAS DE PARENTS PEUT-IL ÊTRE CONSIDÉRÉ COMME UN ÊTRE HUMAIN !
VOUS NE VOUS RENDEZ PAS COMPTE QUE SI ON FAIT CELA C'EST LA BASE MÊME DE CETTE VILLE QUI VACILLE !?!
NOTRE TRAVAIL CONSISTE UNIQUEMENT À LIVRER DES YOGOURTS DE BONNE QUALITÉ QUE LE CENTRE PRODUIT.
C'EST PAS UN TRUC QU'UN ÊTRE HUMAIN DEVRAIT FAIRE. ILS ONT TOUS PERDU LA RAISON... TOUT CEUX QUI SAVENT QUE C'EST LA FAUTE DU YOGOURT VOUS LE DIRONT...
... QUE C'EST CETTE MAUDITE CHOSE QUI REND LES GENS IDIOTS...

TAP
TAP
TAP
C'EST CET IMMEUBLE... AHA... SON APPARTEMENT SE SITUE ASSEZ HAUT...
CE N'EST PAS TRÈS DIFFÉRENT DE L'ENDROIT OÙ VOUS VIVEZ N'EST-CE PAS ?
POUET
POUET
POUET
POUET
ÇA NE VOUS REND PAS CURIEUX ?
AH... VOUS ÊTES LÀ.

C'EST NOTRE PROTAGONISTE DU JOUR.
VOUS AVEZ ÉTÉ SURPRIS PAR SA COIFFURE ? VOUS AVEZ RAISON, C'EST BIEN UN EMPLOYÉ DU CENTRE. TOUS LES MATINS À HUIT HEURES, IL PREND LE TRAIN POUR LE CENTRE...
C'EST POUR CETTE RAISON QUE CETTE HISTOIRE EST ENCORE PLUS OSÉE.
VENEZ VOUS ASSEOIR DE CE CÔTÉ.
VOUS ÊTES ASSEZ RANGÉ.
HAHAHA... NE FILMEZ PAS L'APPARTEMENT S'IL VOUS PLAÎT C'EST EN DÉSORDRE...

PREMIÈRE RENCONTRE.
C'ÉTAIT IL Y A ENVIRON SIX MOIS... COMME TOUS LES MATINS, LA LIVRAISON DE YOGOURTS EST ARRIVÉE.
OUI... J'ARRIVE.
HUM... JE L'AI SU DÈS LE PREMIER INSTANT. QUE CE N'ÉTAIT PAS QUELQUE CHOSE QUI POUVAIT ÊTRE RÉGLÉ DE FAÇON RAISONNABLE.
BONJOUR, JE SUIS LA NOUVELLE « DAME AUX YOGOURTS ».
JE ME SUIS DIT UN NOMBRE INCALCULABLE DE FOIS QUE CE N'ÉTAIT PAS BIEN. COMME SI POUR LA PREMIÈRE FOIS JE DÉCOUVRAIS L'ANXIÉTÉ, JE NE POUVAIS PAS ME CONTENIR...
MAIS EN FIN DE COMPTE CE QUI N'EST PAS POSSIBLE N'EST PAS POSSIBLE.
QUOI ? VOUS AVEZ DONC BAISSÉ LES BRAS ?

HAHAHA... C'EST MON ANGOISSE QUE J'AI LAISSÉ TOMBER.
TOTALEMENT... VOUS COMPRENEZ ?
HÉ TOI ! POURQUOI TU FILMES PAR LÀ-BAS !
AH... C'EST JUSTE POUR L'AMBIANCE...
MAIS NON... C'EST LUI QU'IL FAUT FILMER !
?
JE SUIS VRAIMENT DÉSOLÉ. ALORS QUE VOUS EN ÉTIEZ AU MOMENT CRUCIAL...
AH... NE VOUS INQUIÉTEZ PAS. C'EST VRAIMENT UNE HISTOIRE ORDINAIRE ET BANALE.
SLURP
AU CONTRAIRE, LE FAIT QUE LE DÉBUT SOIT BANAL ATTIRE ENCORE PLUS L'ATTENTION.
LA RÉACTION DE SON ENTOURAGE.
CE N'EST SÛREMENT PAS LA PREMIÈRE FOIS QUE VOUS DÉVOILEZ CETTE HISTOIRE N'EST-CE PAS ?
EN RÉALITÉ, CE N'EST PAS QUELQUE CHOSE DE FACILE À RACONTER, SEUL MON MEILLEUR AMI EST AU COURANT.

J'AI UN AMI QUI S'APPELLE HAEKUN. CONTRAIREMENT À MOI, IL FAIT PARTIE DE L'ÉLITE ET, JE NE M'Y CONNAIS PAS BIEN, MAIS MÊME AU SEIN DU CENTRE IL EST ASSEZ HAUT PLACÉ.
C'EST UN AMI TRÈS DÉVOUÉ, QUI, QUAND JE LUI OFFRAIS QUELQUE CHOSE, M'EN RENDAIT CENT.
IL M'A BEAUCOUP AIDÉ.
C'EST POUR TOI QUE ÇA DOIT ÊTRE LE PLUS DUR... TU N'AS PAS À T'EXCUSER AUPRÈS DE QUI QUE CE SOIT.
À MA CONNAISSANCE, IL N'Y A AUCUNE RÈGLE QUI DEVRAIT T'EN CONTRAINDRE... C'EST JUSTE SON DÉLAI DE CIRCULATION QUI DEVRAIT POSER PROBLÈME...
C'EST... ÇA ME REND TRISTE.
JE SUIS DÉSOLÉ DE NE PAS POUVOIR T'AIDER PLUS QUE ÇA...
IL EST TOUJOURS SOURIANT ET QUAND IL A CETTE EXPRESSION, C'EST QU'IL EST VRAIMENT TRISTE.
DES AMIS COMME ÇA, IL N'Y EN A PAS DEUX... POUR MOI...
JE VOUS ENVIE.

CE QUE JE NE PEUX ÉVITER.
CE QUI M'INQUIÈTE LE PLUS, C'EST QU'ON NE PEUT PAS SAVOIR QUAND ÇA VA SE DÉTÉRIORER.
MÊME SI JE PEUX ENDURER L'INCOMPRÉHENSION ET LES PRÉJUGÉS DES GENS,
CETTE RÉALITÉ ME RESTE COINCÉE DANS LA GORGE, ET ME TORTURE À CHAQUE INSTANT.
HOUHOU... C'EST L'OBSTACLE QUE JE DOIS SURMONTER.
ET ELLE, COMMENT ACCEPTE-T-ELLE CETTE RÉALITÉ ?
AU DÉBUT, ON AURAIT DIT UN ROBOT QUI NE CONNAISSAIT QUE SES OBLIGATIONS. ELLE N'AVAIT AUCUNE CRAINTE QUAND À CE GENRE DE CHOSE.
C'EST MOI QUI LUI AI INCULQUÉ LE TOURMENT... JE LE REGRETTE PARFOIS EN ME DEMANDANT SI JE NE ME SUIS PAS PRÉCIPITÉ DE FAÇON ÉGOÏSTE...

CE QUE VOUS VOULEZ DIRE C'EST QUE C'EST PARCE QU'IL Y A EU DES SENTIMENTS QU'IL Y A EU DES TOURMENTS.
MAIS MOI, JE PENSE AU CONTRAIRE QU'ELLE DOIT VOUS EN ÊTRE RECONNAISSANTE.
...
JE NE SAIS PAS... IL FAUDRAIT LE LUI DEMANDER.
CENTER
DES REPROCHES ? JE N'EN AI JAMAIS FAIT.
ET JE NE VAIS PAS EN FAIRE. JE PENSE...
JAMAIS ?
CENTER
JAMAIS.

JE PENSE QUE C'EST UNE CHANCE POUR UNE « DAME AUX YOGOURTS ».
MES COLLÈGUES NE CONNAISSENT PAS CE GENRE DE SENTIMENTS. ELLES NE CONNAISSENT QUE LE DEVOIR.
IL EST POSSIBLE QUE CELA LEUR ARRIVE AUSSI.
PUISQUE MOI AUSSI J'ÉTAIS COMME ELLES.
...
CE QUE VOUS RESSENTEZ À PROPOS DE VOTRE DÉLAI DE CIRCULATION.
QUAND J'AI RESSENTI CETTE ANGOISSE POUR LA PREMIÈRE FOIS J'AI PLEURÉ TOUTE LA JOURNÉE.
MAIS MAINTENANT, C'EST DE PLUS EN PLUS TÉNU. PUISQUE C'EST LE PRÉSENT QUI M'IMPORTE.
JE VIVRAI JUSTE UN PEU MOINS LONGTEMPS QUE LES AUTRES GENS...
SI VOUS AVIEZ UN SOUHAIT...

J'AIMERAIS PASSER PLUS DE TEMPS AVEC LUI.
ON NE PEUT PASSER QUE TRÈS PEU DE TEMPS ENSEMBLE PARCE QU'ELLE DOIT SUIVRE LES INSTRUCTIONS QUE LUI DONNENT LE CENTRE... SI ELLE LE VOULAIT...
JE POURRAIS SACRIFIER BEAUCOUP DE CHOSES.
KHOU KOU KOU KOU
KHOU KOU KOU KOU
HOU !
LE GOÛT DE CETTE CIGARETTE EST SUPER.

SI UN OUVRIER DE L'USINE ET UNE « DAME AUX YOGOURTS » TOMBAIENT AMOUREUX...
HEIN !?! C'EST N'IMPORTE QUOI !
VOUS POSEZ VRAIMENT DES QUESTIONS BIZARRES... ÇA PASSE VRAIMENT À LA TÉLÉ ?
C'EST MA MÈRE QUI T'ENVOIE PAS VRAI ?
ET BIEN... JE N'Y AVAIS JAMAIS PENSÉ... C'EST UN PEU ... BIZARRE... HÉ HÉ.
HO HO HO... ÇA SERAIT CHARMANT.
QU'EST-CE QUE L'AMOUR ?
C'EST QUOI CES QUESTIONS BIZARRES ! VOUS AVEZ REÇU L'AUTORISATION DU CENTRE AU MOINS ?
CRRRRRRRR

AVIS AUX PERSONNES QUI NE CONSOMMENT PAS ENCORE DE YOGOURT ! LA QUALITÉ DE NOS PRODUITS...
CENTER
BONJOUR. NOUS SOMMES DEVANT LE CENTRE.
C'EST LE LIEU OÙ SONT PRODUITS LES YOGOURTS ET LES « DAMES AUX YOGOURTS ».
JE VAIS TENTER QUELQUE CHOSE DE DANGEREUX. MAIS JE SUIS SÛR DE MOI. J'AI UNE ARME INFAILLIBLE.
OH... MAIS QU'EST-CE QUE VOUS FAITES !
VOILÀ... VOUS VOYEZ MON ATOUT ? HÉ HÉ HÉ.
?
JE VOU-DRAIS VOIR LE RESPON-SABLE...
BLABLABLA
HUM...
BLABLABLA BLABLABLA ABC C'EST XYZ.
HUM... HUM...
MONEY ?
OK !
MAIS ! ATTEN-DEZ...

VOUS NE PASSEREZ CETTE PORTE QUE SI VOUS RÉPONDEZ CORRECTEMENT À CETTE DEVINETTE.
PFFFF
...
NE VOUS IMAGINEZ PAS QUE ÇA SERA FACILE...
CES OUVRIERS SONT FOUS DU FRIC !
C'EST INCROYABLE.
C'EST SEULEMENT L'ENDROIT OÙ ON FAIT FERMENTER MAIS JE NE PEUX PAS VOUS MONTRER D'AUTRES ENDROITS.

ÇA... NE VOUS FAIT RIEN ?
?
HO HO HO... QU'EST-CE QUE VOUS CROYEZ.
SLURP SLURP
ON EST JUSTE EN TRAIN DE FAIRE FERMENTER DES YOGOURTS.
SLURP
...
LES SEULES CHOSES QUI NOUS PRÉOCCUPENT SONT : LA TEMPÉRATURE, L'HUMIDITÉ, LA DURÉE DE FERMENTATION...
IL LE BOIT SUPER LONGTEMPS...
TOUT EST DÉJÀ PROGRAMMÉ ALORS IL N'Y A PAS DE QUOI S'INQUIÉTER.
NOUS, ON DOIT JUSTE RESPECTER LES RÈGLES !
... ! ...

C'EST UNE FAÇON DE PENSER TRÈS COMMODE.
JE TE CONSEILLE... D'ABSORBER PLUS DE YOGOURTS... MIAM MIAM...
CETTE VILLE... VA BIENTÔT ÊTRE UNE UTOPIE !
UN MONDE DANS LEQUEL CHACUN A SA PLACE ET TRAVAILLE CONSCIENCIEUSE-MENT !
C'EST UN MOINDRE MAL À ACCEPTER.
VOUS N'AVEZ PAS L'AIR D'ALLER BIEN... VOUS AVEZ MAUVAISE MINE.
VOUS VOULEZ EN GOÛTER UN PEU, FRAÎCHEMENT FERMENTÉ ?
URG
JE VOUS EN DONNE POUR PAS CHER... ON NE PEUT PAS DÉCRIRE AVEC LES MOTS CE GOÛT PUR.
SURTOUT... CE... CETTE PAR-TIE DE LA CHAIR... MIAM MIAM...
SURTOUT ACCOMPAGNÉ D'UN LÉGUME FRAIS DE SAISON... MIAM MIAM MIAM.

N... NON J'EN VEUX PAS !
VOUS AVEZ PERDU LA TÊTE ?!!
JE PLAISANTAIS.
QUOI ? UNE PLAISANTERIE...
HIHIHI, MAINTENANT SI VOUS RÉPONDEZ À CETTE DEVINETTE JE VOUS LAISSE SORTIR !
PARDON ?!?
NATURE, AVEC DES FRUITS... LE SYMBOLE DE LA SANTÉ DES CITOYENS.
LA SANTÉ DES CITOYENS... LES CITOYENS...
ÇA TE DIT UN VERRE DE YOGOURT AUJOURD'HUI ?
OUAIS, J'EN AI L'EAU À LA BOUCHE !
VOUS PENSEZ QU'ON SE DIRIGE VERS UNE UTOPIE ? NOUS...
VOUS CROYEZ QUE C'EST CORRECT DE S'ÉLEVER EN FOULANT DU PIED LEUR SACRIFICE ?
LE SENS QUE LES YOGOURTS ONT POUR NOUS...
UNE UTOPIE ? POUR QUI ? LE CONTRÔLE DE NOS SENTIMENTS...
... DEVIENDRA DE PLUS EN PLUS AISÉ.

PFF
PFF
PFF
UNE SEMAINE PLUS TARD, J'AI APPRIS QU'IL AVAIT DISPARU AVEC ELLE.
CLAC
CLAC
NOUS SOMME ALORS ALLÉS VOIR SON AMI, HAEKUN.
LA SITUATION S'EST BEAUCOUP DÉTÉRIORÉE, IL Y A BEAUCOUP D'ABSENTÉISME ET LA « DAME AUX YOGOURTS » DONT LA DURÉE DE CIRCULATION EST DÉPASSÉE A ÉTÉ ENLEVÉE...
CE DERNIER A BAISSÉ LES YEUX D'UN AIR TRISTE.

C'ÉTAIT L'EXPRESSION SI TRISTE DONT IL M'AVAIT PARLÉ.
AU MOMENT OÙ JE QUITTAI SON BUREAU L'ESPRIT EMBROUILLÉ...
DRIIING
MON PORTABLE...
ALLÔ ?
...
VOUS N'ÊTES QUE TOUS LES DEUX ?
BIEN SÛR... MAIS...
C'EST BIZARRE. J'ÉTAIS POURTANT CERTAIN...
... QUE...

SA DURÉE DE CIRCULATION ÉTAIT TERMINÉE.
IL Y EUT UN SILENCE QUI SEMBLAIT SUGGÉRER QUELQUE CHOSE...
PEUT-ÊTRE ÉTAIT-CE À CAUSE DE CE LONG SILENCE... LORSQU'IL OUVRIT LA BOUCHE SA VOIX SEMBLAIT AVOIR DU MAL À SORTIR.
...
HUM HUM ! EXCU-SEZ-MOI.
CE DONT NOUS AVIONS BESOIN C'ÉTAIT UN PETIT DÉLAI POUR NOUS RENDRE COMPTE QUE CETTE CHOSE VAGUE ÉTAIT EN RÉALITÉ UN VÉRITABLE BONHEUR.
JE REGRETTERAIS ÉTERNELLEMENT DE NE PAS ÊTRE PRÉSENT POUR LA FIN DE SA VIE... JE... PEUX FAIRE BEAUCOUP DE SACRIFICES POUR ELLE.

EN FIN DE COMPTE. LES HOMMES VONT AUX ENDROITS DONT ILS ONT TOUJOURS RÊVÉ. DANS CET ENDROIT SANS FRONTIÈRE NOUS AVONS APPRÉCIÉ CHAQUE MINUTE ET CHAQUE SECONDE EN IMAGINANT QUE NOUS DISPARAISSIONS TOUT DOUCEMENT.
LE PROBLÈME M'EST APPARU DANS UN CADRE TOUT À FAIT INATTENDU.
JE DOIS ÊTRE HEUREUX DU FAIT QU'ELLE NE SERA PAS DÉTRUITE... J'AI L'IMPRESSION D'ÊTRE DANS UN AUTRE MONDE.
HUM... JE VOIS... ALORS ÇA SIGNIFIE QU'ELLE NE SERA PAS DÉTRUITE ?
C'EST UNE VOIE DANGEREUSE...

POOOOOOOOOO
!!!
C'EST UN VÉHICULE DU CENTRE !
QUELQU'UN D'AUTRE EST AU COURANT ?
N... NON, JE NE CROIS PAS...
HAEKUN !
QU... QUOIQUE... HAEKUN...
PAR-DON ?
HAEKUN EST AU COURANT.
HAEKUN ?!?

DISCUSSION AVEC HAEKUN ET...
CE N'EST PAS QUE JE NE FASSE PAS CONFIANCE À HAEKUN MAIS COMME ON NE SAIT JAMAIS VOUS DEVRIEZ VOUS CACHER.
HEIN ? OK !
IL Y A UNE CHOSE DONT JE VOUDRAIS ÊTRE CERTAINE.
QUE JE SUIS HUMAINE.
VOUS DEVEZ M'AIDER À M'EN PERSUADER !

QU'EST-CE QU'ON FAIT MAINTENANT ?
AH... AH... LA FENÊTRE...
FILMONS DE CE CÔTÉ.
SE CACHER...
LE VOILÀ ! SERAIT-IL VENU LES AIDER ?

ARG ! CO... COMMENT !
TAC
HAEKUN ! QU... QU'EST-CE QUE TU FAIS ? BAISSE ÇA !
TU AS DÛ T'EN RENDRE COMPTE, ELLES NE SE DÉTÉRIORENT PAS APRÈS LA DATE LIMITE !
LE CENTRE VEUT LA RÉCUPÉRER... IL S'INQUIÈTE DU FAIT QU'ELLE AIT DES SENTIMENTS.
C'EST JUSTEMENT POUR ÉVITER CE GENRE DE SITUATIONS...
... QUE LA DURÉE LIMITE DE CIRCULATION A ÉTÉ INSTAURÉE ! NE SOIS PAS SI BORNÉ... ÇA M'EST PÉNIBLE AUSSI... JE TE LE DEMANDE UNE DERNIÈRE FOIS. RENVOIE-LA AU CENTRE ! ET TOUT SERA AISÉMENT RÉGLÉ...

COMMENT VEUX-TU QUE ÇA SOIT RÉGLÉ ?!?
JE PRÉFÈRE ENCORE MOURIR DE TA MAIN ICI. MAIS...
TU NE POURRAS PAS NOUS TUER ! TU ME DEMANDES DE NE PAS ÊTRE BORNÉ ? MAIS C'EST TOI QUI NE VEUX RIEN VOIR ! TU... TU VAS NOUS LAISSER PARTIR !
N'EN SOIS PAS SI SÛR !
TOI QUI AS TOUJOURS ÉTÉ TRISTE À CAUSE DE MOI... CE GENRE DE CHOSES... N'ARRIVE MÊME PAS DANS MON IMAGINATION.
N'EST-CE PAS ?
UH...
S... S'IL TE PLAÎT... NE RÉSISTE PAS... JE T'EN PRIE...

C'EST TOUJOURS MOI QUI T'AI FAIT DES REQUÊTES...
TAC TAC
TU T'ES TOUJOURS SACRIFIÉ POUR MOI... VRAIMENT... UNE DERNIÈRE FOIS...
FAIS QU'AUJOURD'HUI SOIT POUR MOI UN COMMENCEMENT ET NON UNE FIN... JE T'EN PRIE...

JE L'AVAIS OUBLIÉ.
HAEKUN !
JE NE PRÊTE PAS ASSEZ ATTENTION À MON ENTOURAGE...
MERCI, HAEKUN !
TAP
IL VAUDRAIT MIEUX QUE TU QUITTES LA VILLE... MOI, JE NE T'AI PAS VU.
HAEKUN...

GRÂCE À L'AIDE DE HAEKUN... NOUS AVONS PU ÉCHAPPER AU CENTRE. ILS PRÉFÉRAIENT MÊME CERTAINEMENT OUBLIER NOTRE EXISTENCE.
À PRÉSENT.... NOUS NE CONSOMMONS PLUS DE YOGOURTS... MAIS EN REVANCHE...
DANS UNE PRAIRIE VERDOYANTE... DANS UNE JOLIE MAISON...
AVEC MA BIEN-AIMÉE... HEUREUX ENSEMBLE...
CRRRRR CRRRR
&#SDQ ?DFG !&(*&@#)...
CRRR CRRRR

DANS UNE MAISON, SITUÉE DANS UNE PRAIRIE VERDOYANTE, HEUREUX AVEC SA BIEN-AIMÉE...
CE SONT LES IMAGES QUI LUI ONT ÉTÉ IMPLANTÉES.

IL SOURIT. IL EST FORCÉ DE SOURIRE PAR UNE VOLONTÉ EXTÉRIEURE...
HEUREUSEMENT, IL A L'AIR HEUREUX. MAIS EST-CE UN HAPPY END ? LA RÉALITÉ EST TROP PESANTE POUR LUI. EST-CE UNE BONNE CHOSE QU'IL SE SENTE HEUREUX ?

JE N'AI PAS LE COURAGE DE LUI RETIRER CE MASQUE DE FER...
BANG

04.2004

RODOLPHE

L'histoire de Rodolphe s'inspire d'une chanson de Noël traditionnelle, les répliques des personnages retranscrivent dans un langage plus moderne les paroles de la chanson. Cette BD est en fait une représentation violente de celle-ci. Ndt.
Sketch au crayon, liner, gouache.

LE NEZ DE CERF DE RODOLPHE...
... EST TRÈS BRILLANT.
CE GARS-LÀ EST RODOLPHE.
TU DIS QU'IL POSSÈDE UN NEZ EN OR !
OUI.
FIUUU
BAM
EH... VIENS PAR ICI, TOI.

QUI... QUI ES-TU ?
NOUS SOM-MES...
... TOUS LES AUTRES CERFS.
MMM... ILS SE MOQUENT DE MOI...
AHHH !
POC
POC
N'IMPORTE QUOI ! ON N'A PAS QUE ÇA À FAIRE DE SE MOQUER DE TOI !
NOUS, ON VEUT JUSTE ÇA !
PUTAIN ! ÇA VEUT VRAIMENT PAS SE DÉTACHER CE TRUC !
ARRRRRGGGGG

OUFFFFFF… C'EST DUR…
PETITS ENFOIRÉS !
DES PETITS CERFS COMME ÇA NE DEVRAIENT PAS SE BALADER SI TARD, NON ?
PÈRE… NOËL !!!
BOU !
JE… JE SUIS…
TOI, TU VAS MORFLER.

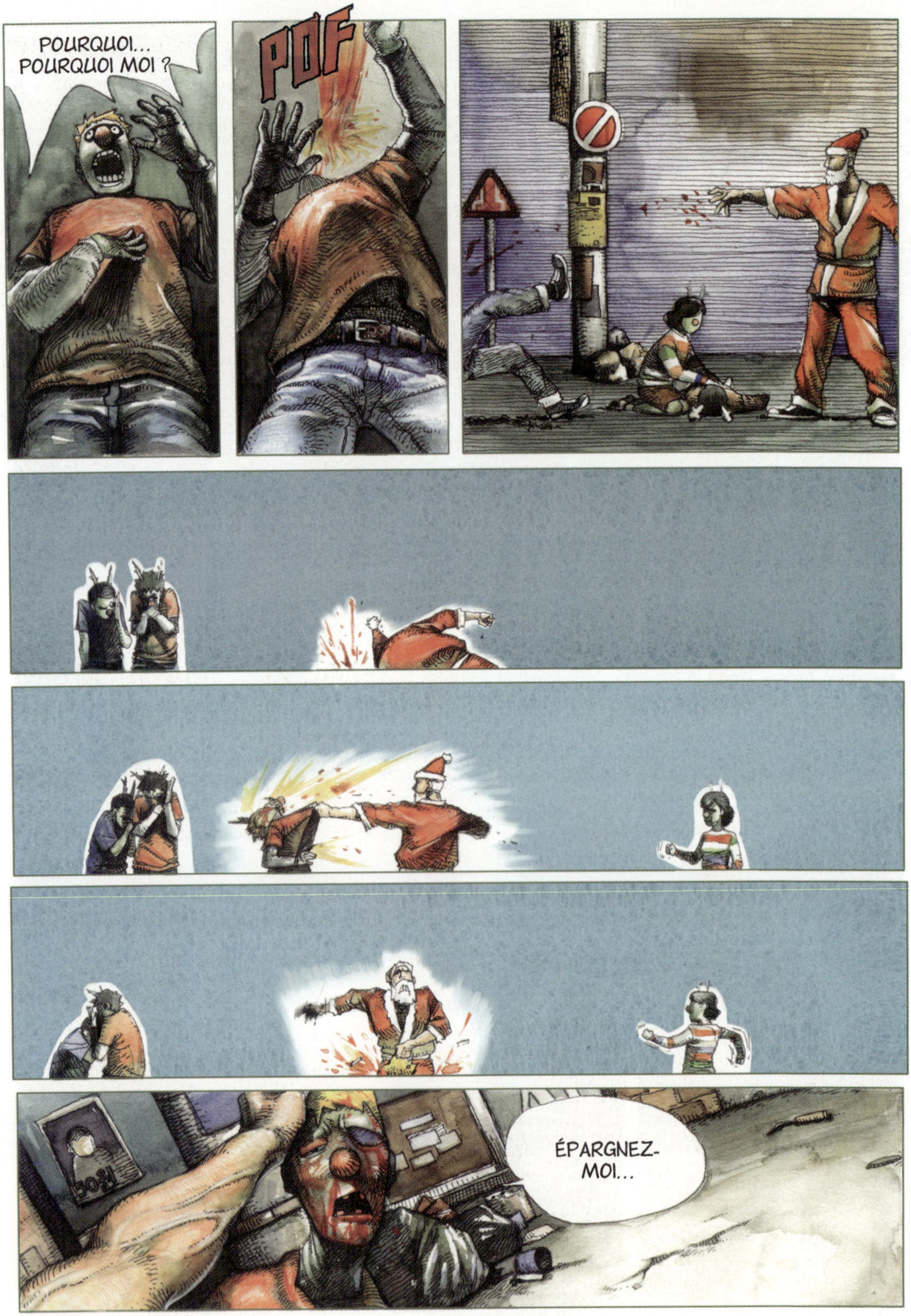
POURQUOI...
POURQUOI MOI ?
POF
ÉPARGNEZ-MOI...

VA TE FAIRE FOUTRE !
PRAAAAAFF
BOOM
COMMENT DES SALES PETITS ENFOIRÉS DE CERFS… RAMASSE-MOI ÇA ET CASSE-TOI !
PFF !
JE VOUS REMERCIE.
MON PÈRE VOUS RÉCOMPENSERA.
C'EST BON.
QUOI !!!
TOI, RODOLPHE …
PUISQUE TON NEZ EST BRILLANT, TU VAS…

... TIRER MON TRAÎNEAU !
PAR-DON ?
ARGGG
PLUS VITE SALE PETIT CERF !
CLAC
C'EST QUOI ÇA, MERDE !

FOOD

Sketch au crayon, plume et encre, mise en couleurs avec des encres.

FOOD

ARGG
QUE... QU'EST-CE QUE...
SSSSS
OOOOOOOOOOOH
TAAAAC
FUUU

TAPE PAS LA POSE ! ALORS QUE T'ES QU'UN SALE BOUCHER !
GRRR
GRRR RRRRR RRRR !
PAFFF
C'EST UNE LICENCE QUE J'AI EUE APRÈS UN AN DE FORMATION STRICTE SELON LA LOI, ARTICLE 34, CHAPITRE 2 ! COMMENT PEUX-TU ME PARLER COMME ÇA, PETIT VIEILLARD ? EST-CE QUE TU PEUX ME DÉDOMMAGER DE LA BLESSURE DU MUSCLE CONSTRICTEUR QUI DEMANDE PLUS D'UNE SEMAINE DE TRAITEMENT ?
HEIN ?
SNIFF
SNIFFF
TU... TU N'AS MÊME PAS DE RESPECT POUR LES ADULTES ?

PAFF
NOTRE CLAN S'OCCU-PERA DE TOI !
VIVE LE RESPECT DES AÎNÉS !
ZOOUP
TU ME DIS QUE TU AS REÇU DE TRÈS BONS RÉSULTATS ?
FROTT
FROTT
OUI... MAIS...
JE ME DEMANDAIS SI JE POUVAIS AVOIR UN SALAIRE MENSUEL RÉGU-LIER... COMME VOUS ME L'AVIEZ DIT.
T'INQUIÈTE PAS POUR ÇA, ON FERA COMME PRÉVU.

COMBIEN DE «NOURRITURE» STOCKEZ-VOUS ?
IL Y EN A EXACTEMENT 31.
NOUS AVONS POUR PROJET D'EN AVOIR DE PLUS EN PLUS.
À PEU PRÈS 30 JE CROIS...
LA DEMANDE EST...
CLAC
SALUE-LE. C'EST LE GARS QUI S'OCCUPE DE TOUTE LA GESTION.
SALUT, SUIS-MOI...

L'ÉLEVAGE EST ICI.
CE SONT DES MORCEAUX TRÈS CHERS DONC TU DOIS BIEN T'EN OCCUPER. ENFIN TU DOIS MIEUX SAVOIR CE GENRE DE CHOSES QUE MOI...
ERRRRK ERRRK ERRK ERK ERRK

AH ! TU ES ÉTONNÉ DE VOIR CELLE LÀ-BAS. COMMENT ILS ONT FAIT POUR LA FAIRE SI JOLIE...
TU DOIS PARTICULIÈREMENT BIEN T'EN OCCUPER. DANS 2 SEMAINES, ELLE SERA UN MET DE CHOIX POUR LES FINES GUEULES.
ET PUIS... C'EST INTERDIT, MAIS SI TU VEUX JOUER AVEC, JE FERMERAI LES YEUX... HI HI HI

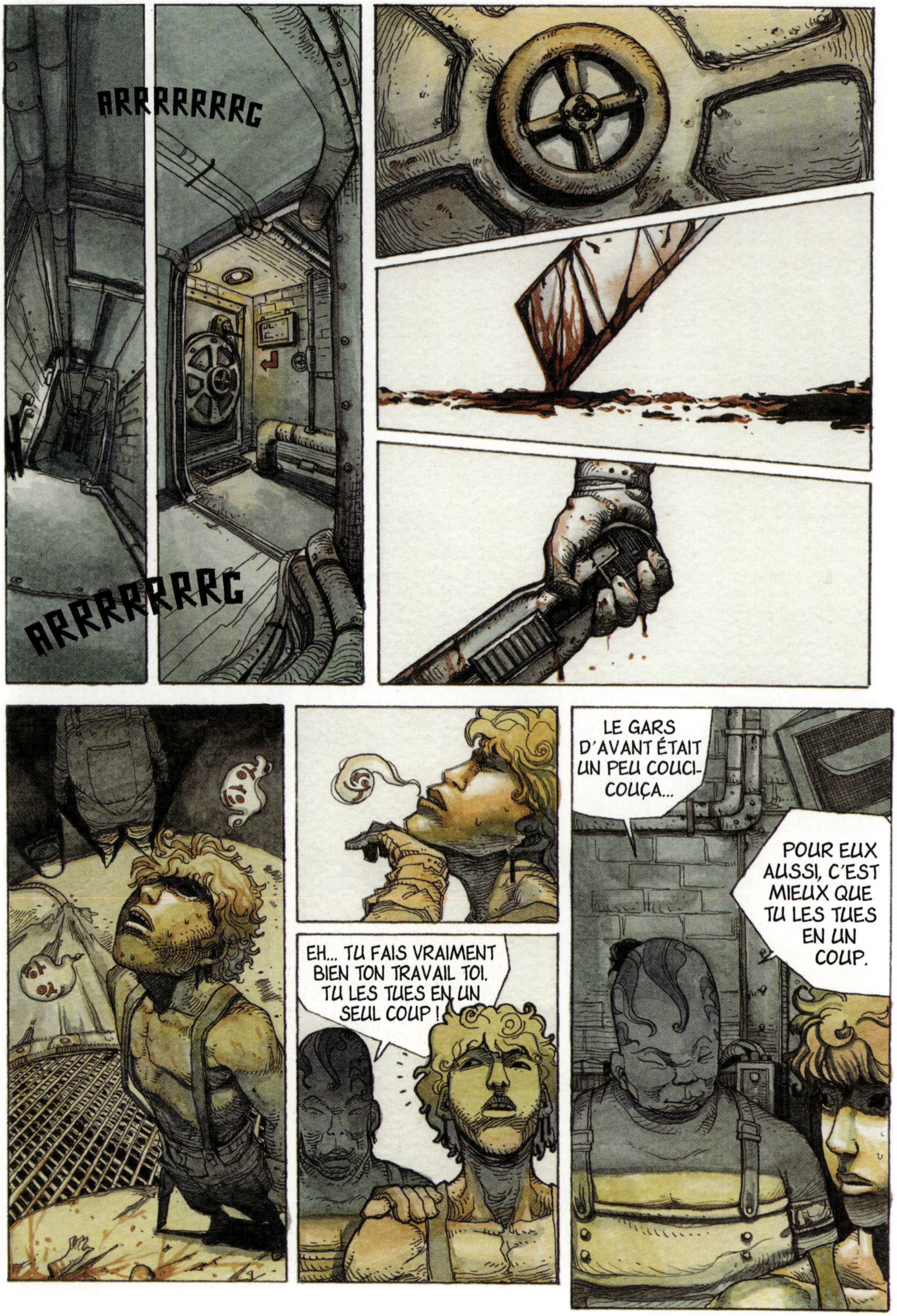

ARRRRRRRG
ARRRRRRRG
LE GARS D'AVANT ÉTAIT UN PEU COUCI-COUÇA...
POUR EUX AUSSI, C'EST MIEUX QUE TU LES TUES EN UN COUP.
EH... TU FAIS VRAIMENT BIEN TON TRAVAIL TOI. TU LES TUES EN UN SEUL COUP !

... OUI...
CEPEN-DANT...
TU FAIS UNE DRÔLE DE TÊTE.
CE QUE JE FAIS MAINTENANT EST BIEN DIFFÉRENT DE MES PRATIQUES EN STAGE.
MAIS CES CHOSES SONT BIEN À PLAINDRE.
ILS AURAIENT PU NAÎTRE EN ÊTRES HUMAINS...
FFFFFF
MAIS PUISQUE LEURS CELLULES OEUFS ONT ÉTÉ PRÉLEVÉES SUR DES CONDAMNÉS OU DES CADAVRES...
... ET QU'ILS ONT SUBI DE NOMBREUSES MANIPULATIONS GÉNÉTI-QUES, ILS NE SONT GUÈRE PLUS QUE DU BÉTAIL.
C'EST VRAI...
MAIS LORSQU'ON NOUS LES A AMENÉS TOUT PETITS, ILS AVAIENT TELLEMENT L'AIR DE VRAIS BÉBÉS HUMAINS.
...

BROUAA BROUAA BROUA
BROUAA BROUAA
CE SOIR, ILS VONT SUBIR UN EXAMEN MÉDICAL, ALORS FAIS-LEUR FAIRE DES EXERCICES ET LAVE-LES...
OUI !
BON ! ON COMMENCE PAR UN ÉCHAUFFEMENT DES GENOUX ! PRÊTS ?!?
....
WAHAHAH ! QUE JE SUIS BÊTE...
BONNE CHANCE... MMM...

PAFF TRIII
TRI TRI TRIII
TRI TRI TRIII
TRI TRI
TRI TRI TRIII
TRIII...
QUE... TU NE DOIS PAS !
TRIII
...

TRIIIIIIIII
PAF
AHH !
ARFF !
DO DOM
IL... IL FAUT PAS...
DODOM
DODOM
DODOM
DODOM
DODOM
DODOM
DODOM
DODOM

CRIIIISS
CRISSSS
CRIIIIISS
HAA HAA
HA HAA
HA HAA
AHHH
CRIIIIISS
CRIIIISS

BOOM
BOOM
QUE... C'EST QUOI ?
QUE SE PASSE-T-IL ?!?
BOU BOU BOU
TU AS BIEN DORMI ?
POURQUOI Y A T-IL AUTANT DE BRUIT DÈS LE MATIN ?
NE T'INQUIÈTE PAS, ILS FONT ÇA TOUS LES JOURS.
ET C'EST PAS PARCE QU'ILS MANIFESTERONT CONTRE NOUS QUE NOUS ALLONS CHANGER QUELQUE CHOSE...

DES HUMAINS COMME NOURRITURE C'EST ABOMINABLE !
ARRÊTEZ ÇA ! ARRÊTEZ ÇA !
ARRÊTEZ ÇA !
MAIS... C'EST TOI !
RESPECT AUX AÎNÉS !
RESPECT AUX AÎNÉS !

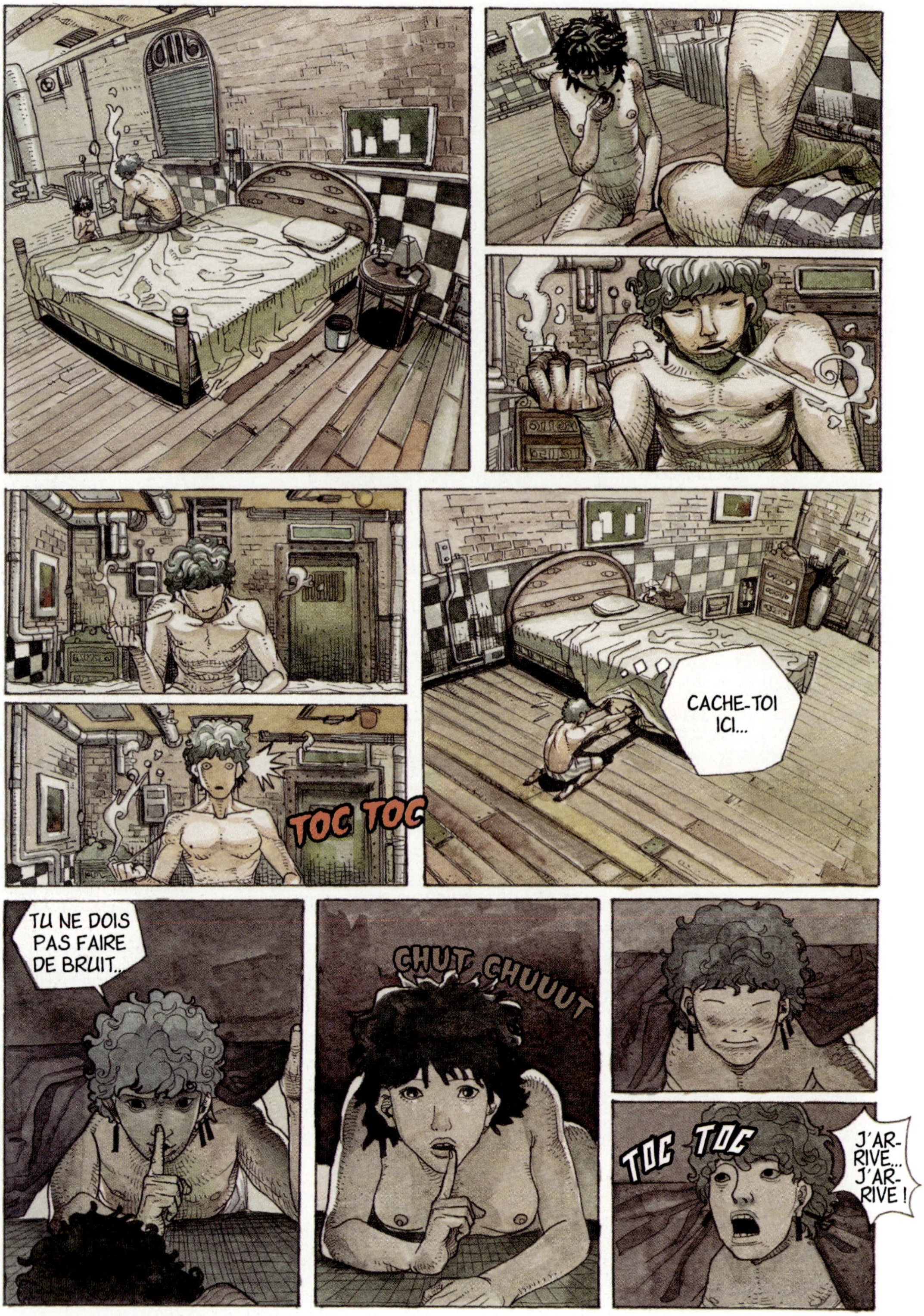
TOC TOC
CACHE-TOI ICI...
TU NE DOIS PAS FAIRE DE BRUIT..
CHUT CHUUUT
TOC TOC
J'ARRIVE... J'ARRIVE !

QUE... QUE VOULEZ-VOUS ?
JE TE L'AI SÛREMENT DÉJÀ DIT MAIS... CETTE FEMELLE EST UN ARTICLE RÉSERVÉ.
ET... ET ALORS ?
TU NE DOIS PAS ÉPROUVER DE L'AFFECTION POUR UNE CHOSE QUE TU VAS DÉCOUPER DE TES PROPRES MAINS.
B... BIEN SÛR... JE ME SUIS JUSTE AMUSÉ AVEC ELLE UNE OU DEUX FOIS. HA HA...
ALORS VA VITE LA REMETTRE À SA PLACE.
PARDON ?!?
TU LE SAIS BIEN.
AH... OUI... OUI...

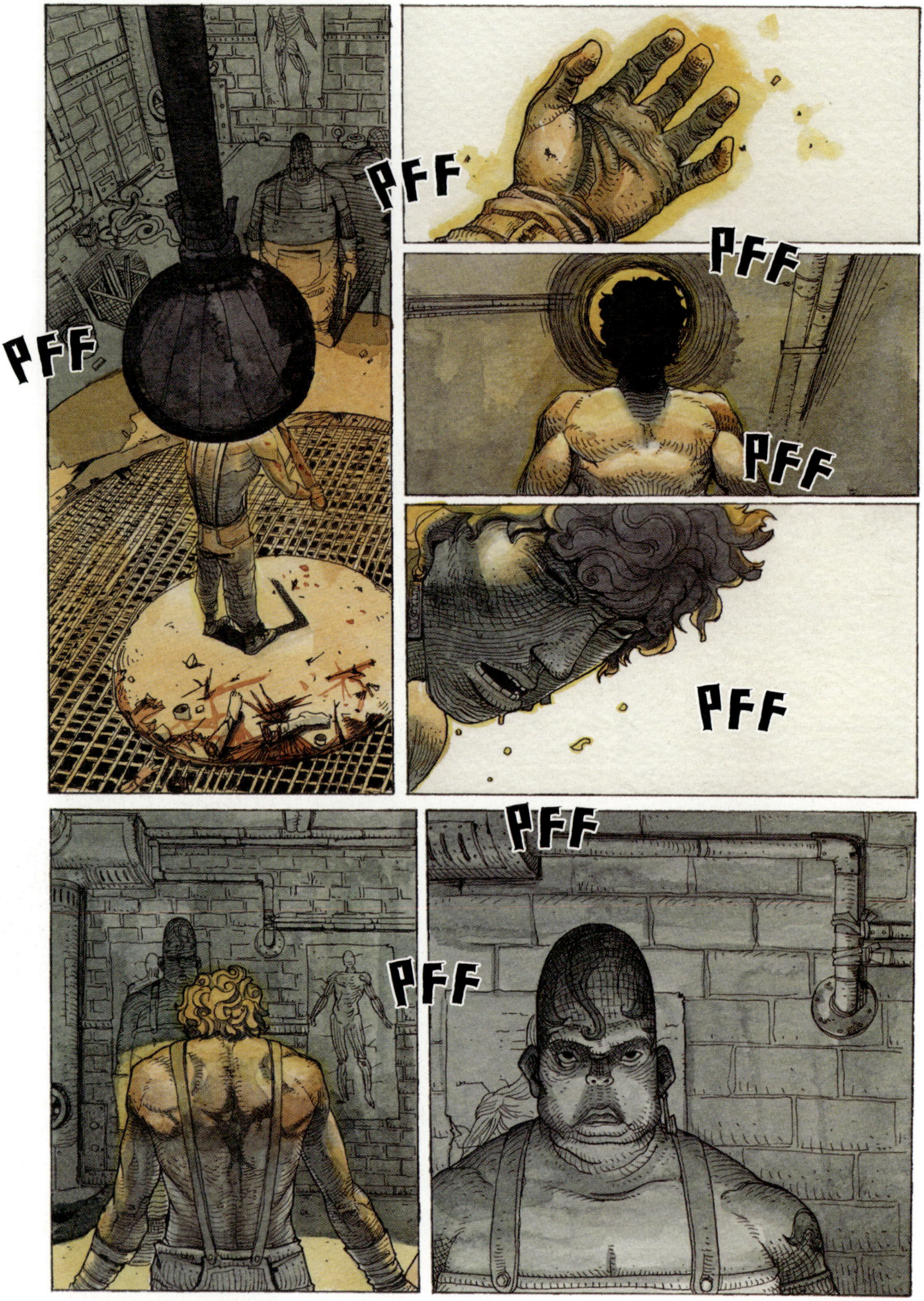
PFF
PFF
PFF
PFF
PFF
PFF
PFF

AH ! PUTAIN !
MERDE ! JE NE DEVRAIS PAS !
PAS ÇA ! ÇA C'EST UN CRIME ! JE SUIS SEULEMENT UN BOUCHER ! ÇA... C'EST PAS UNE SIMPLE INFRACTION...
J'EN SAIS RIEN !

CHUT
TAISEZ-VOUS UN PEU...
BLA BLA
CHUT...
CHUT...
CLAC
OUH

CLING
QUI EST LÀ ?

SSSS
À CE QUE JE VOIS C'EST UN VOL.
PFFF
VOUS ÊTES DES ANTI-CANNIBA-LES ? C'EST PAS PARCE QUE VOUS ME SUPPRIMEREZ QUE ÇA CHANGERA QUELQUE CHOSE.
PFFFF, NE ME FAIS PAS RIRE. NOUS, ON EST JUSTE DES MERCENAIRES !
TAC
GRRRRR

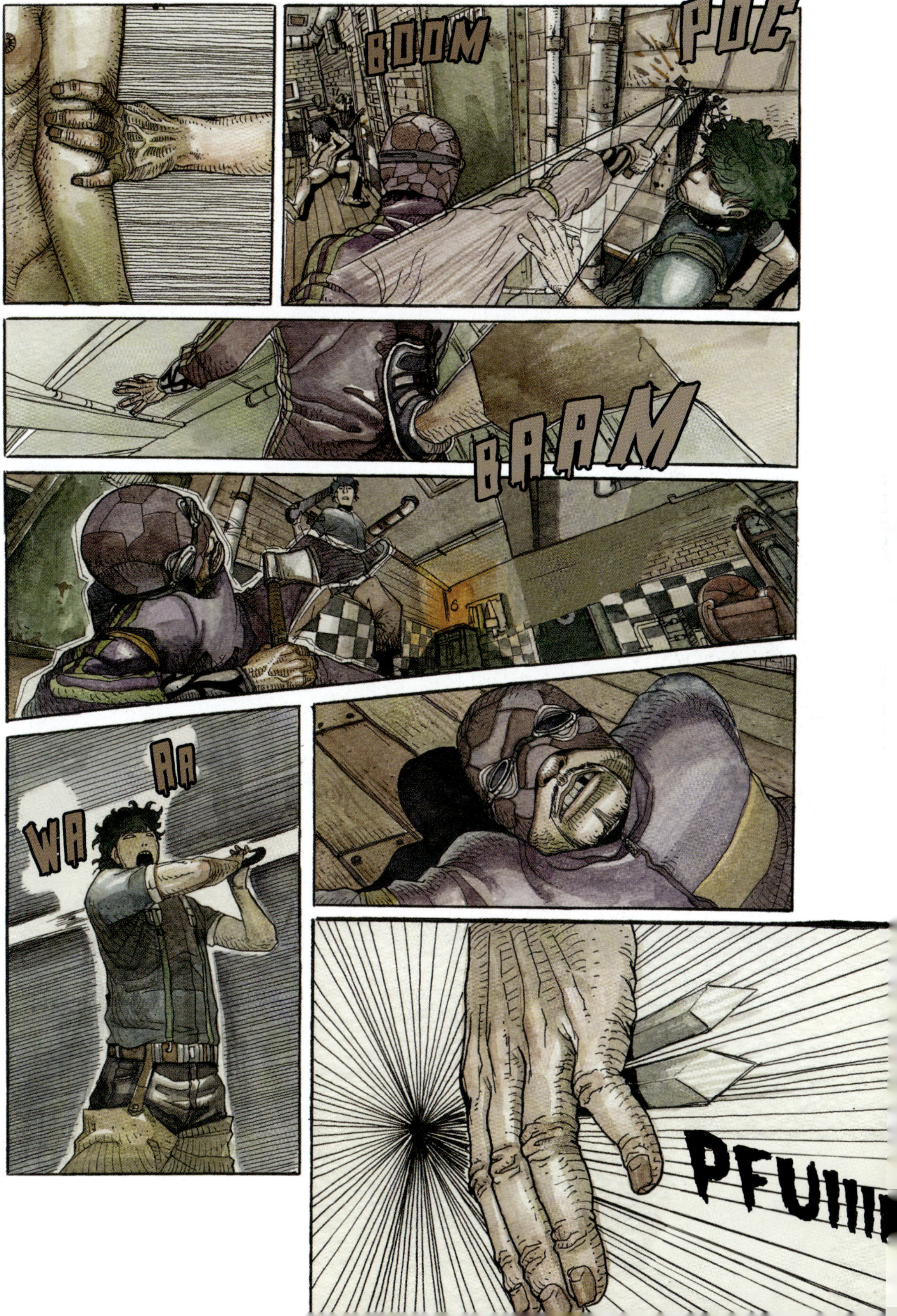
BOOM
POC
BAAM
WA
AA
PFUIIII

FUIIIII
PLOC
GRRR

BAAM SPASH
WAAAAAA!
CLING

TAC
PUTAIN !
HAA
HAA
HAA
BRR BRR BRR
EH TOI, TU SERAIS QUAND MÊME PAS TOMBÉ AMOUREUX DE CETTE BOUFFE. PFFF...
HA HA HA
NE LA TOUCHE PAS !

AR RR RG !
ARFF
NE... NE LA TOUCHE PAS...
HI HI
HI HI
AHHHH AHHH
BOOM

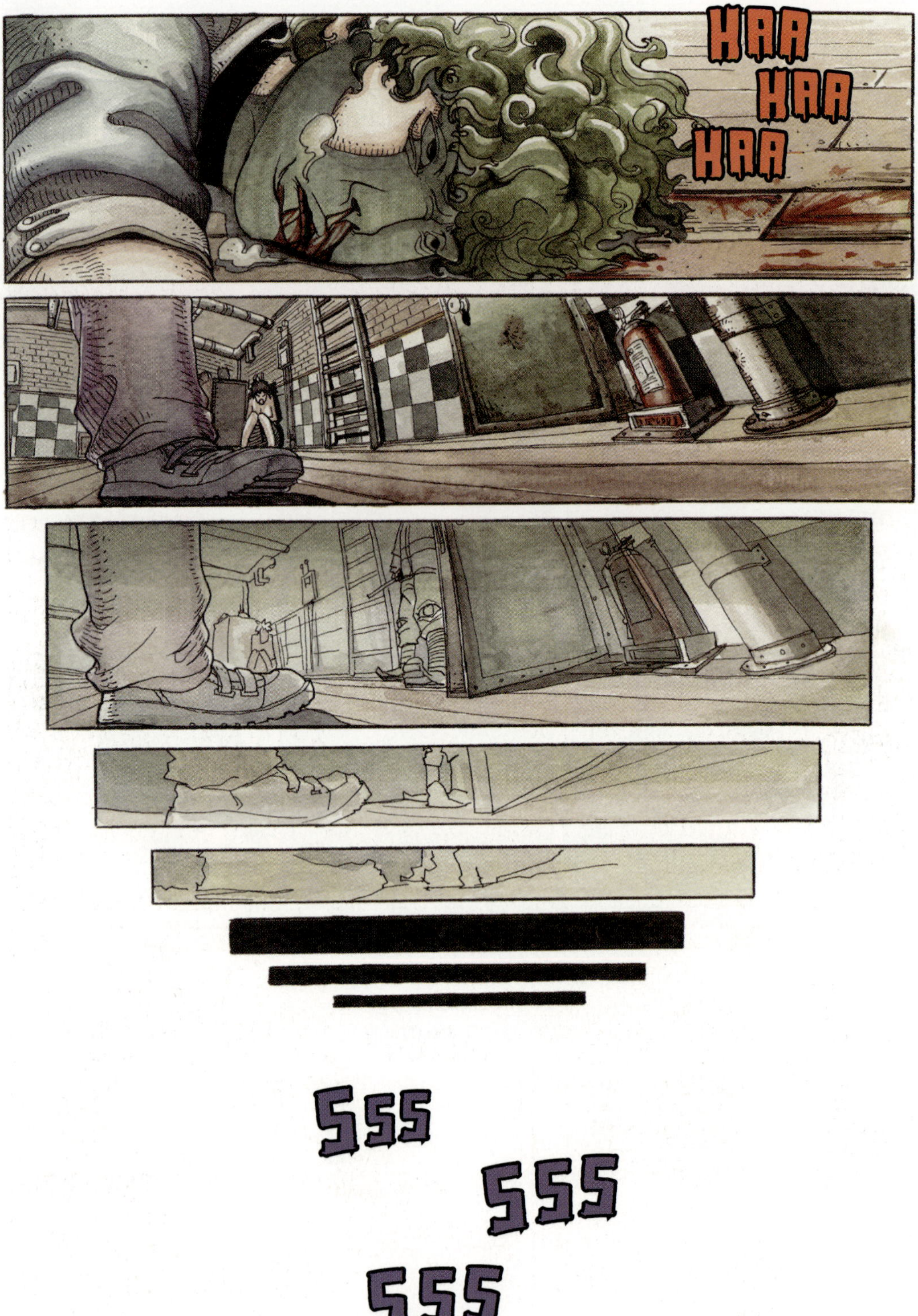
HAA
HAA
HAA
SSS
SSS
SSS

COM-MENCEZ PAR LES BRAS ET LES JAMBES.
QUE FAIT-ON DE LA FEMELLE ?
SSS
OCCUPE-TOI-EN BIEN.
SSS
SSS
SSS
AVANT QUE LES FINES GUEULES NE VIENNENT.
SSS
ON AURA BEAUCOUP D'OCCASIONS DE LA VENDRE.
SSS
SSS
SSS
LAVE-LA ET DÉPLACE-LA...
CHEF... ?!?
COMMENT...
MON DIEU... IL ARRIVE ENCORE À OUVRIR LES YEUX.
QUE S'EST-IL PASSÉ ?...
JE SUIS DÉSOLÉ.
PARCE QU'EN CE MOMENT IL Y A BEAUCOUP DE CINGLÉS QUI CHERCHENT DE LA VRAIE VIANDE HUMAINE...
QU... QUOI !

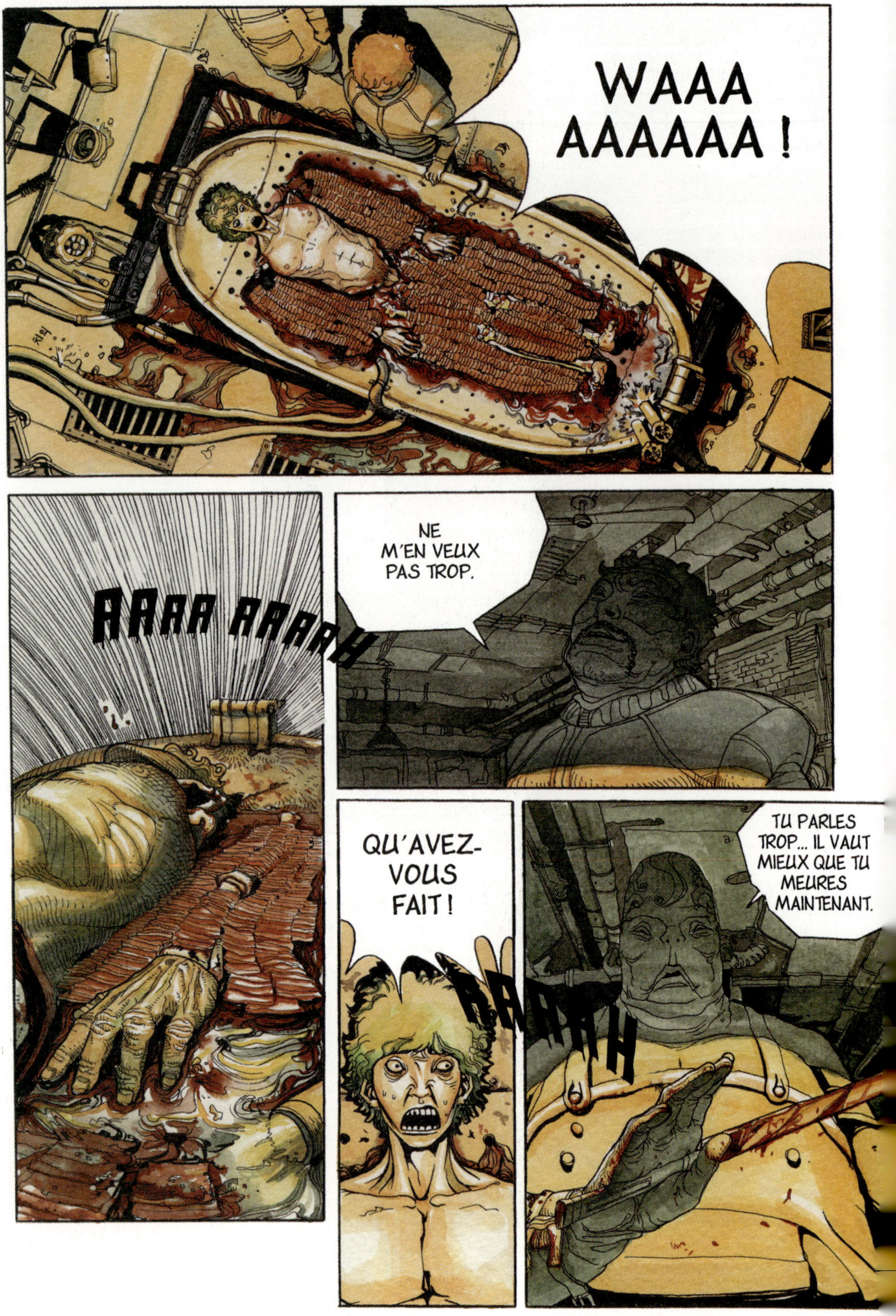
WAAA AAAAAA !
AAAA AAAAAH
NE M'EN VEUX PAS TROP.
QU'AVEZ-VOUS FAIT !
TU PARLES TROP... IL VAUT MIEUX QUE TU MEURES MAINTENANT.

TUE-MOI !
POC !

IL NE DEVRAIT PLUS OUVRIR LES YEUX...
MAIS, EN CE MOMENT, LA DEMANDE DE VIANDE HUMAINE A BRUSQUEMENT AUGMENTÉ...
BANDE DE TARÉS !
WAAAAAAA
WAAA
WAAA
WAAA
WAAA
WAAA
10.2002

COURS SPÉCIAL DE CUISINE

Dessin au crayon, liner, painter.

BONJOUR. LA RECETTE D'AUJOURD'HUI EST UN OEUF SUR LE PLAT.
D'ABORD LES INGRÉDIENTS, DES OEUFS ET DE L'HUILE...
VERSEZ DE L'HUILE SUR LA POÊLE.
APRÈS AVOIR CASSÉ LES OEUFS...
poc
poc
cui cui
AH !

UN POUSSIN...
TROP MIGNON...
cui cui
BRILLE
BRILLE
BRILLE
BRILLE
BRILLE
pof
FUII
J'AI EU LE GROS LOT !

LADIES AND GENTLEMEN

Sketch au crayon puis liner, contours et ton général au « conté », coloriage à la peinture.

* CÉLÈBRE ACTRICE CORÉENNE (NDT).

JE M'EN ÉTAIS APERÇU...
LA DIFFÉRENCE ENTRE CHUN JIHYUN ET UN TÉLÉTUBIE TIENT À TRÈS PEU DE CHOSE...
QU'EST-CE QUE TU AS ? CHÉRI
BAMBI... MOI J'ADORE LES CUISSES DE POULET !
C'EST VRAI ? TU AURAIS DÛ LE DIRE... CHÉRI...
MOI, J'ADORE VRAIMENT LE POULET !
WAW ! TU MANGES BIEN.
FLAP FLAP FLAP
BRRRRRRRR
OUEEE EEERK !
C'EST ÇA... ON VA VOIR QUI AURA LE DERNIER MOT...

LES PERSONNES QUI JUGENT PAR L'APPARENCE NE SONT QUE DES CONS !
JE NE PEUX QUAND MÊME PAS EN DEVENIR UN... MAIS MAIGRIS UN PEU !
C'EST ÇA... J'ALLAIS LUI TRANSMETTRE LE MESSAGE
MIAM MIAM
WAW ! BAMBI ! CE VÊTEMENT EST TROP JOLI. J'AI ENVIE DE TE L'ACHETER...
PAF PAF
COMPRENDS LE MESSAGE... COMPRENDS LE...
PRRRRRRRRR
OUPS...

SNIFF SNIFF... QUAND ON GROSSIT, LE CERVEAU RÉTRÉCIT !
QU'EST-CE QUE TU AS CHÉRI ?
DÉSOLÉ... COMMENT JE VAIS FAIRE ... JE NE VOULAIS PAS REGARDER EN FACE LE FAIT QUE J'AI TANT GROSSI...
AH... BAMBI...
BINGO !
C'EST RIEN BAMBI... L'AMOUR NE JUGE PAS À L'APPARENCE.
MERCI DE M'AVOIR COMPRIS... JE NE SUIS PAS UN MÉCHANT GARÇON...
JE T'AI DONC DONNÉ UN CONSEIL...
BOU ! MERCI ! MERCI !

J'AI COMMENCÉ À REGRETTER CES MOTS PEU APRÈS CETTE CONVERSATION.
TROP... TROP... C'EST TROP...
BRRRRRRRRR
CES LÈVRES QUE J'AIMAIS PARCE QU'ELLES ÉTAIENT PULPEUSES... AUJOURD'HUI JE VEUX LES COUPER !
DÉSOLÉE... EN CE MOMENT JE GROSSIS VITE...
CE RIDEAU... JE VAIS L'OUVRIR AUJOURD'HUI...
CHOP

IL N'Y A PAS DE FIN...
BRRRRRRRRR...
ON DIT QUE LES HOMMES CHANGENT TROIS FOIS DE VISAGES AU COURS DE LEUR VIE... CETTE FILLE, APRÈS M'AVOIR RENCONTRÉ EN A CHANGÉ PLUS DE CINQ FOIS... C'EST ÇA... C'EN EST TROP... C'EN EST TROP !
BRRRRRRRRRRRRRR...
TU ME SOUS-ESTIMES ! MÉCHANTE !
CHÉRI ! QU'EST-CE QU'IL Y A ? OÙ SONT TES PLIS SUR LES YEUX ?
JE N'EN AVAIS PAS. C'ÉTAIT DE LA GRAISSE ACCUMULÉ SUR MES PAUPIÈRES !

C'EST TOI QUI ES MÉCHANTE !

PORTE-TOI BIEN BAMBI...

NON, NON... L'APPARENCE N'EST PAS IMPORTANTE... JE CROIS QUE CE SONT NOS PERSONNALITÉS QUI NE COLLENT PAS... MA BAMBI... ELLE AIME LES CUISSES DE POULET, NON ? MOI AUSSI J'ADORE LES CUISSES DE POULET... QUI CROIS-TU QUI VA LES MANGER ?

SI ON AIME TOUS LES DEUX LES CUISSES DE POULET, ON NE PEUT RESTER ENSEMBLE... TU COMPRENDS ?

ELLE M'A CRU.
HEIN ??? HEIN ?...
UN AN PLUS TARD.

EUH... EUH... EN FAIT...
BAMBI... J'AI ARRÊTÉ LES CUISSES DE POULET !
IL Y A CET INCAPABLE.
PFF... MOI AUSSI... FINALEMENT C'EST VRAIMENT VRAI QU'ON NE COLLE PAS TOUS LES DEUX.
J'AI FAIT UNE LIPOASPIRATION GÉNÉRALE.
!!!
CET IMBÉCILE N'A NI ARGENT NI CONTACTS.

AVEC MON PETIT AMI ON A FAIT UNE LIPO DE COUPLE.
IL FAUT AVOIR UN MINIMUM DE MOYEN POUR FAIRE ÇA, NON ?!? HEIN ?!?
MAIS COMME C'EST LUI QUI M'A PLAQUÉE, JE PEUX MÊME DIRE TANT MIEUX...
APRES M'ÊTRE SÉPARÉE DE CE GARS SANS MOYENS...
... JE N'EN AI MÊME PAS UN REMORDS.

06.2004

ANGE GARDIEN

Sketch au crayon, liner, painter.

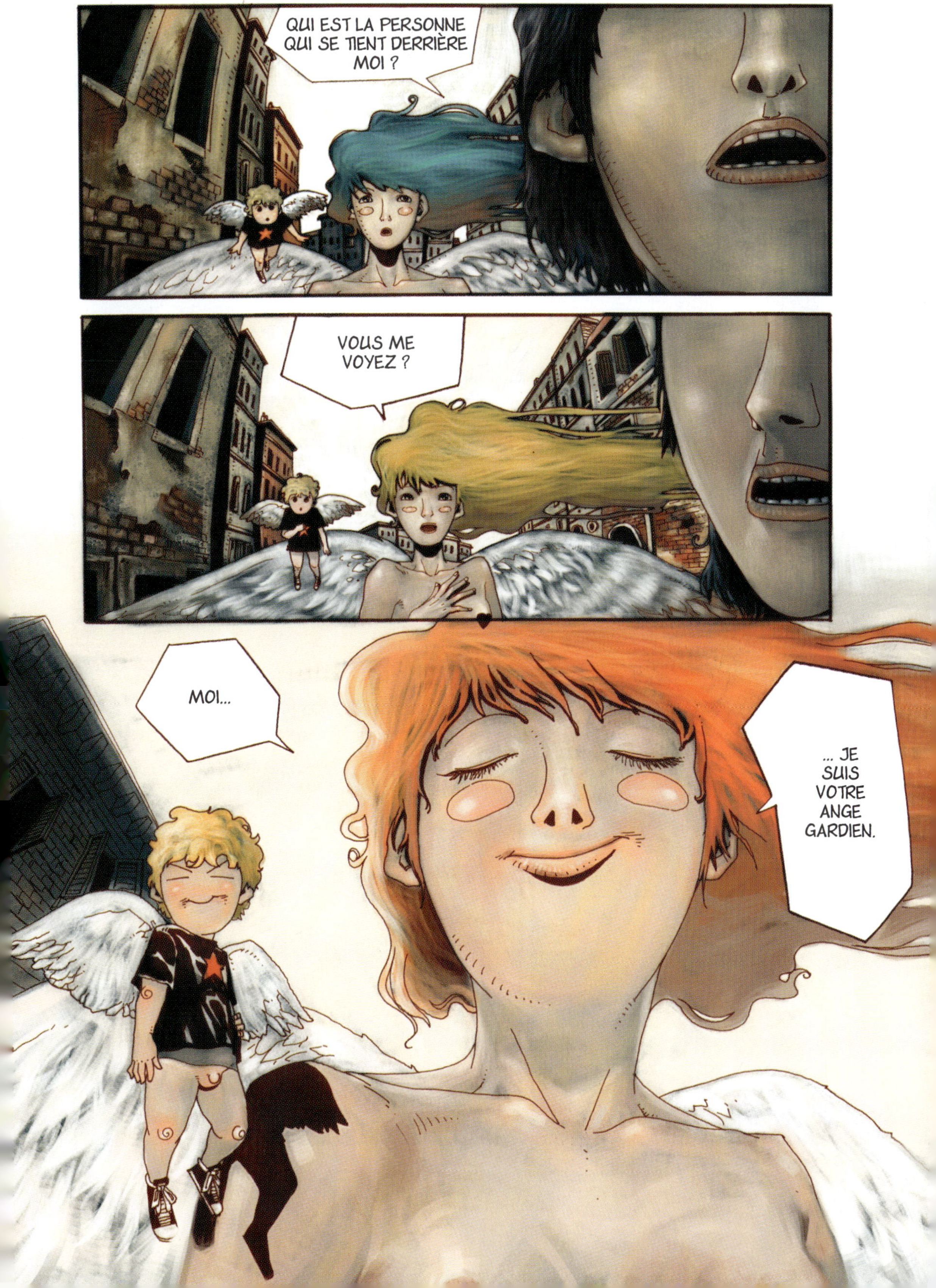
QUI EST LA PERSONNE QUI SE TIENT DERRIÈRE MOI ?
VOUS ME VOYEZ ?
MOI...
... JE SUIS VOTRE ANGE GARDIEN.

ANGE GARDIEN ? ET... QUEL EST VOTRE RÔLE ?
C'EST DE VOUS PROTÉGER BIEN SÛR.
MERDE !
JE SUIS L'ENTITÉ QUI EST À VOS CÔTÉS POUR VOUS PROTÉGER.
HEIN ?
SI JE M'EXPLIQUE PLUS PRÉCISÉMENT...

QUE VOUS SOYEZ
EN DANGER...

... QUE VOUS PASSIEZ UNE ÉPREUVE...

OU QUE VOUS SOYEZ
EN DÉTRESSE.

VOUS NE LE SAVIEZ SANS DOUTE PAS MAIS, J'ÉTAIS TOUT LE TEMPS AVEC VOUS !
MAIS ALORS...
VOUS NE M'AVEZ PAS VU MOURIR TOUT À L'HEURE ?
MERDE !
FAIS COMME SI ON L'AVAIT PAS VU...

PLAN DU MEURTRE

Sketch au crayon, plume et encre, coloriage à la gouache, le noircissage à la gouache noire seulement.

TCHIC TCHIC TCHIC
CLAC CLAC
FROT FROT
CLAC
FROT
*살인계획
* PLAN DU MEURTRE.
TAC

살인계획 *
* PLAN DU MEURTRE.
C'EST VRAI... À CE MOMENT-LÀ, J'ÉTAIS VRAIMENT EN TRAIN D'ÉLABORER UN PLAN POUR COMMETTRE UN MEURTRE... JE SAVAIS AUSSI QUE CE N'ÉTAIT PAS SI DIFFICILE DE TUER QUELQU'UN...
ET PUIS J'AI PENSÉ AUSSI QUE ÇA POURRAIT CHANGER MA VIE.
MAIS J'ÉTAIS ASSEZ SEREINE ET JE PENSAIS RÉUSSIR À NE PAS ME FAIRE ATTRAPER...
C'EST JUSTE QUE... JE CONSIDÉRAIS CELA COMME UNE CONDITION À REMPLIR EN GRANDISSANT POUR DEVENIR UNE ADULTE.
J'ÉTAIS PERSUADÉE QU'IL FALLAIT ABSOLUMENT TUER.

JE PENSAIS QUE SI ÇA SE PASSAIT AINSI, CE SERAIT PARFAIT.
MA-MAN...
JE VOUDRAIS DE L'ARGENT POUR M'ACHETER DES VÊTEMENTS...
...
EST-CE QU'AU MOINS...
IL EXISTE DES HABITS SUSCEPTIBLES DE T'ALLER ?

CRUNCH CRUNCH
HO HO HO !
C'EST VRAI... TU N'AS QU'À ALLER T'ACHETER DES VÊTEMENTS POUR ENFANT CHEZ PETIT BATEAU...
QUOI ! SALE BÂTARD !
MAMAN !
와장창
HÉ !!!!!!!!!!!!!!!!!!
HU HU HU

HO HO HO !
LE COUTEAU BIEN SÛR ! POUR UN MEURTRE, C'EST UN COUTEAU !
HUM... QU'EST-CE QUE TU RACONTES. IL NE FAUT PAS TUER.
QUOI ? QUOI ? SINON C'EST L'AUTRE QUI VA FORCÉMENT FRAPPER LE PREMIER !
JE N'AI AUCUN REMORDS... LE SEUL PROBLÈME C'EST QU'IL NE FAUT PAS QUE JE ME FASSE ATTRAPER.

TU ES ENCORE TROP JEUNE...
MIEUX VAUT RÉA-GIR QUE DE SE LAISSER EMBÊTER !
J'AI REGARDÉ L'ÉMISSION DRAMA-GAME HIER...
BLA BLA BLA
BLA
JE COMMENÇAIS QUAND MÊME À HÉSITER UN PEU.
BLA
BLA

CETTE FEMME QUI A TUÉ SA BELLE-MÈRE...
ELLE BOURRAIT L'EAU DE SOMNIFÈRE POUR LA TUER... ÇA DEVAIT ÊTRE DÉGUEU...
WAH... MAIS UN SOMNIFÈRE, C'EST POUR DORMIR... ON PEUT MOURIR SI ON EN MANGE ?
WAH... J'Y CROIS PAS... T'ES VRAIMENT STUPIDE ?
SI T'AS QUELQU'UN À TUER, ESSAIE !
HI HI HI HI
???
JE DEVRAIS ALLER APPORTER DE L'EAU À LA PROF. HI HI HI.
UN SOMNIFÈRE. MAIS OUI !!!
UN SOMNIFÈRE... C'EST EXACTEMENT CE QU'IL ME FALLAIT... C'EST CE QUE JE PENSAIS... HUM !
CRIIII

QU'EST-CE QUE C'EST QUE ÇA...
J'AIME PAS QUAND MES HABITS SONT ACCROCHÉS... JE TROUVE ÇA PLUS STABILISANT DE LES METTRE PAR TERRE.
TU TROUVES QUE C'EST UNE EXCUSE ?!?
MAIS C'EST LA VÉRITÉ...
AH !!!
PAF !
POURQUOI TU ME FRAPPES ? POURQUOI ?!?
SALE GOSSE, FAIS GAFFE À TES YEUX !!! JE T'AI DÉJÀ DIT DE PAS ME REGARDER COMME ÇA !!!
MAIS À QUI TU RESSEMBLES POUR ÊTRE AUSSI LAIDE ?... SI TU ÉTAIS AU MOINS À MOITIÉ AUSSI BIEN FAITE QUE TON FRÈRE... PFFF...

ET C'EST MA FAUTE ? HEIN ? HEIN !?!
OUI... C'EST DE MA FAUTE... ALORS RANGE AU MOINS TA CHAMBRE CORRECTEMENT !
MÊME SI ON ESSAYE DE DISCUTER...
ON N'ARRIVE PAS À COMMUNIQUER
HUM... UN SOMNIFÈRE...
CE N'EST PAS TRÈS SPECTACULAIRE MAIS C'EST NET... ET... C'EST SÛR.
IL NE FAUT PAS TUER !!! TU ES AVEUGLÉE POUR LE MOMENT !!!
N'IM-PORTE QUOI...
IL Y A DE L'AMOUR DANS LE FOND... IL N'EST PAS BIEN EXPRIMÉ, MAIS PRENDS UN PEU DE RECUL, TU VERRAS.
DE L'AMOUR ?

L'AMOUR... EST-CE QU'ELLE M'AIME VRAIMENT ?
(#%&* *(O% ^)
SSSSSHHHHH
AH... C'EST VRAI... J'OUBLIAIS...
C'EST L'HEURE DE MON ÉMISSION SUR LA LITTÉRATURE.
POUF
BIP
QUOI ! ÇA NE SE FAIT PAS !
BAH ! QU'EST-CE QUE TU RACONTES, C'EST DU TRAVAIL... TOI AUSSI, RENTRE DANS TA CHAMBRE ET TRAVAILLE.

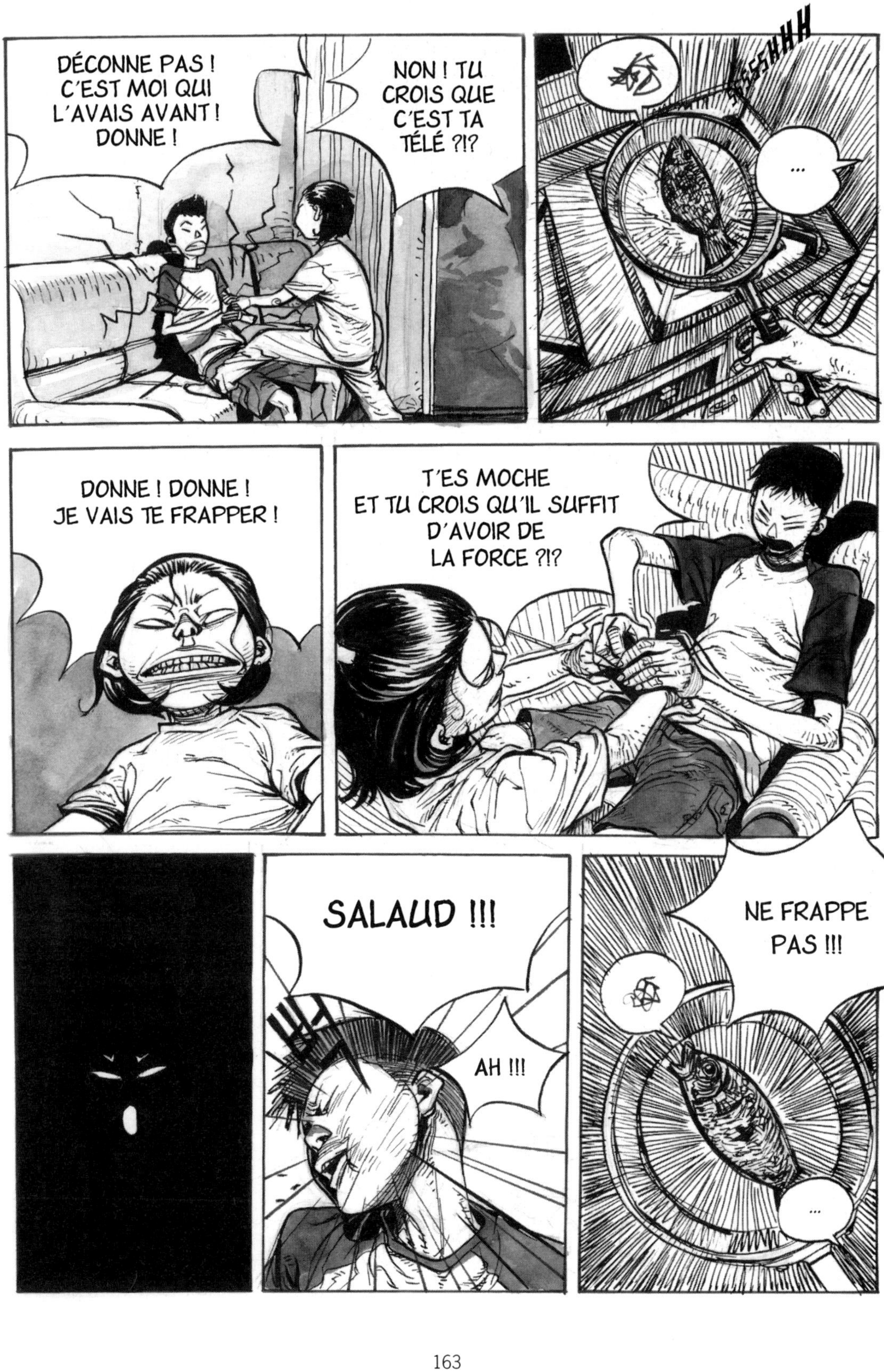
DÉCONNE PAS ! C'EST MOI QUI L'AVAIS AVANT ! DONNE !
NON ! TU CROIS QUE C'EST TA TÉLÉ ?!?
...
DONNE ! DONNE ! JE VAIS TE FRAPPER !
T'ES MOCHE ET TU CROIS QU'IL SUFFIT D'AVOIR DE LA FORCE ?!?
SALAUD !!!
AH !!!
NE FRAPPE PAS !!!
...

AH ! LÂCHE, LÂCHE-MOI !
DEMANDE-LE-MOI À GENOUX ET JE TE LÂCHE !
TU DÉLIRES ?
TSHHHHH
AH !!!
POC

TOI ! TU VAS ARRÊTER D'EMBÊTER TON PETIT FRÈRE !
POURQUOI C'EST TOUJOURS MOI QUE TU ACCUSES ! JE SUIS UNE ENFANT QUE T'AS TROUVÉE OU QUOI ?
PING
ARG !
AAAAAAAA AAAARG !
AAAA AAAA AAAARG !
PFFF
PFFF
PFFF

LA RAISON POUR LAQUELLE J'HÉSITAIS LE PLUS À COMMETTRE CE MEURTRE.
C'ÉTAIT QU'ELLE ÉTAIT MA MÈRE...
SHH
OUI... JE VAIS LE DIRE À PAPA...
IL EST EN TRAIN DE SE FAIRE AVEUGLER PAR MAMAN !
PAPA ! MAMAN M'A... !
CRRRR
AH !

RESTE TRANQUILLE QUAND JE TE PEIGNE.
HO HO HO
AH ! MAIS QU'EST-CE QUE TU FAIS !
IRK ! JE NE VEUX PLUS !
PAPA, MAMAN M'A LANCÉ LA POÊLE À FRIRE ! DIS QUELQUE CHOSE !
TSSS...
HOHOHO ! TU CROIS QU'ELLE AURAIT FAIT ÇA PAR MÉCHANCETÉ...

PAPA AUSSI EST DE SON CÔTÉ !
CLAC
JE VAIS LA TUER ! JE N'HÉSITERAI PLUS JAMAIS !
C'EST À CE MOMENT-LÀ QUE J'AI EU LA CERTITUDE QUE J'ÉTAIS UNE ENFANT TROUVÉE, ET QUE CETTE FEMME N'ÉTANT PAS MA MÈRE, JE N'AVAIS PLUS AUCUNE RAISON D'HÉSITER.
C'EST ÉVIDENT... ON ME SOUPÇONNERA. LE PROBLÈME C'EST DE TROUVER UN ALIBI...
JE NE PEUX PAS ME PERMETTRE D'ACHETER LE SOMNIFÈRE MOI-MÊME À LA PHARMACIE... HUM...
VOILÀ POURQUOI JE ME SUIS DÉCIDÉE.

UN MÉDICAMENT CONTRE LE RHUME !
TUONS-LA !
MM MM !
MM MM !
DANS CE GENRE DE MÉDICAMENT AUSSI, IL DOIT Y AVOIR UN PEU DE SOMNIFÈRE... HUM...
OUI, TU AS RAISON... C'EST VRAI QUE ÇA DONNE SOMMEIL...
UN MÉDICAMENT CONTRE LE RHUME... C'EST ÇA QUE TU DOIS TE PROCURER...
MM MM !
MM MM !
MM MM !
SI TU METS ÇA DANS L'EAU, TU POURRAS LA TUER SANS QUE PERSONNE N'EN SACHE RIEN !
MM MM !
ALORS... QU'EST-CE QUE TU EN PENSES ? C'EST CLASSE NON ?
MM MM !
MM MM !
UN MÉDICAMENT CONTRE LES RHUMES...
MAIS DANS QUEL CAMP ES-TU, TOI ?
MM MM !
MM MM !

KOF
KOF
REGARDE-MOI ÇA... TU T'ES ENRHUMÉE ?
OUI ! OUI ! J'AI BESOIN D'UN MÉDICAMENT !
SHRRR
TU AS DE LA FIÈVRE ?
CLAC CLAC CLAC
PLUS FORT !
KEUF KEUF
IL FAUT QUE TU JOUES À LA PERFECTION.
1. RÉCUPÉRER DES MÉDICAMENTS.
2. CACHER LES MÉDICAMENTS DANS LE PIANO.

* CARACTÈRE QUI SIGNIFIE « MORT » EN CHINOIS.

RÉFLÉCHIS-Y UNE DERNIÈRE FOIS !
PENSE À CE QUE CETTE FEMME TE FAIT SUBIR ! C'EST PAS UNE MÈRE ÇA !
ELLE M'ENGUEULE TOUJOURS JUSTE PARCE QUE JE SUIS MOCHE... TSSS...
C'EST SÛR, TU DOIS ÊTRE UNE ENFANT TROUVÉE !
IL N'Y A PLUS À HÉSITER !
M MM !
M MM !

RÉCAPITULONS TOUT CE QUE MA MÈRE M'A FAIT SUBIR !

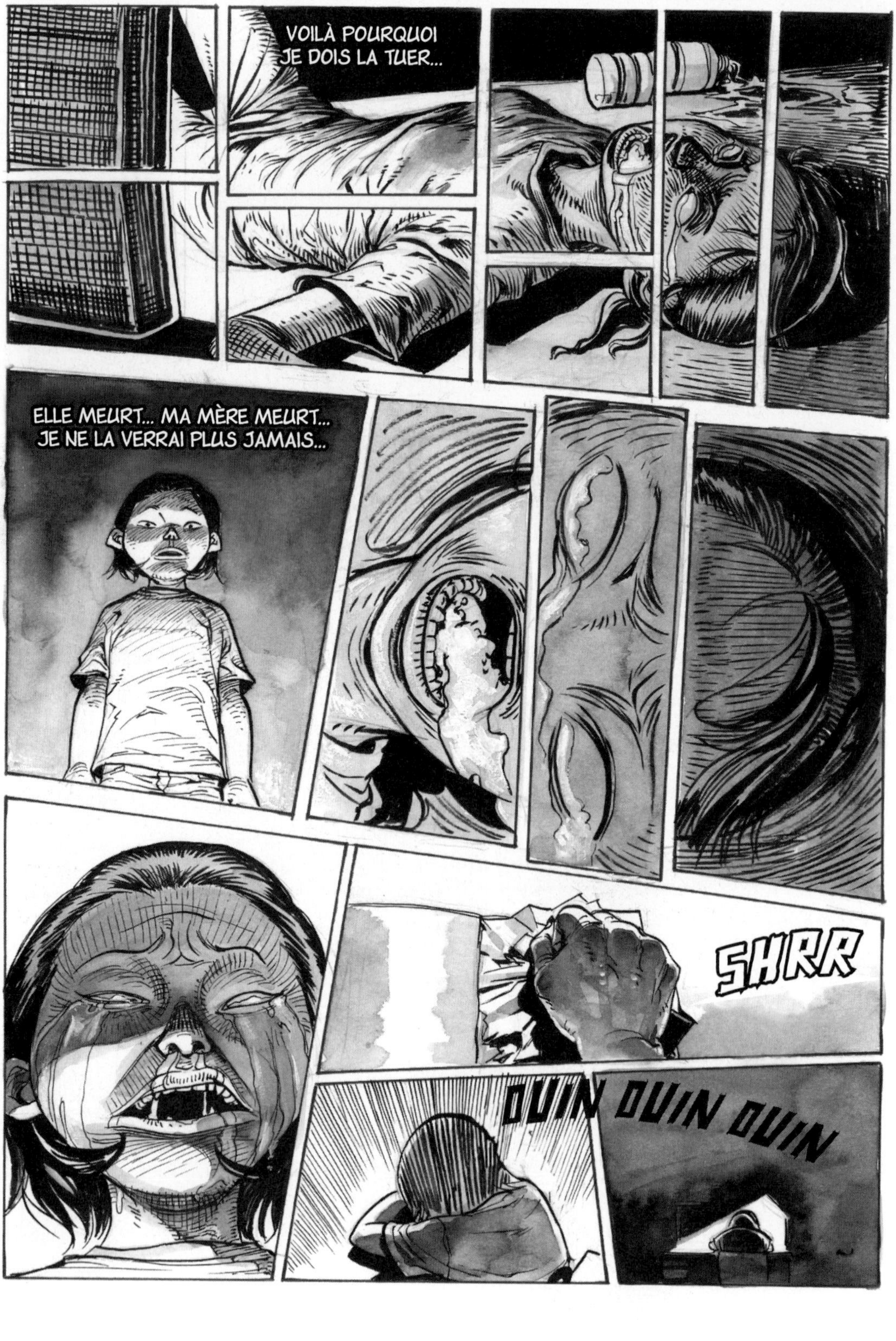
VOILÀ POURQUOI JE DOIS LA TUER...
ELLE MEURT... MA MÈRE MEURT... JE NE LA VERRAI PLUS JAMAIS...
SHRR
OUIN OUIN OUIN

CLAC
MAMAN...
ÇA FAISAIT LONGTEMPS...
T'AS PRIS DEUX KILOS... NE DÎNE PAS CE SOIR.
OH MAMAN ! ÇA FAIT SIX MOIS QUE JE N'ÉTAIS PAS RENTRÉE.
À FORCE DE PLEURER, JE ME SUIS ENDORMIE...
LE MATIN, JE ME SUIS RÉVEILLÉE EN RETARD ET J'AI DÛ PARTIR EN HÂTE...
TSSS... IMBÉCILE... QU'EST-CE QU'ELLE A FAIT POUR S'ENDORMIR SUR SON BUREAU... ELLE EST PARTIE SANS MÊME DÉJEUNER...
HEIN ?

VIENS DÎNER.
JE SUIS RENTRÉE.
연습장
살인 기록부
CAHIER DE BROUILLON
REGISTRE DES MEURTRES.

AH...
IDIOTE. IL NE FALLAIT PAS LE LAISSER LÀ...
TU N'AURAIS TOUT SIMPLEMENT PAS DÛ AVOIR CE GENRE DE PENSÉE.
AH... AH...
ÇA VA REFROIDIR... LAVE-TOI LES MAINS ET VIENS VITE !
TU T'ES LAVÉ LES MAINS ?
AH... OUI...
OUI...

DÉPÊCHE-TOI DE MANGER AVANT QUE ÇA NE REFROIDISSE...
MIAM MIAM
CRONCH CRONCH CRONCH
MIAM MIAM MIAM
MAIS DIS QUELQUE CHOSE !
J'AI VOULU TE TUER !

SHRRR
À CET INSTANT,
UNE FOULE DE SOUVENIRS
SE BOUSCULÈRENT DANS MA TÊTE
ET JE NE RÉUSSIS PAS
À RETENIR MES LARMES.

CRUNCH CRUNCH
TAP !
OUIN
OUIN
OUIN
OUIN
OUIN
OUIN
OUIN
OUIN
OUIN
MAMAN, JE TE DEMANDE PARDON !
J'ÉTAIS TELLEMENT EN COLÈRE CONTRE TOI !

ARRÊTE DE MANGER, TU VAS GROSSIR.
OH ! D'ACCORD... JE SUIS QUAND MÊME DEVENUE BEAUCOUP MIEUX QU'AVANT.
HO HO HO !
JE NE SAIS PAS SI C'ÉTAIT LA PEUR D'AVOIR ÉTÉ DÉCOUVERTE OU SI C'ÉTAIT LE REPENTIR OU ENCORE AUTRE CHOSE MAIS C'ÉTAIT LA PREMIÈRE FOIS DEPUIS BIEN LONGTEMPS QUE JE PLEURAIS SANS RETENUE DEVANT QUELQU'UN.
SI ELLE NE M'AVAIT PAS DÉCOUVERTE À CE MOMENT-LÀ, AURAIS-JE PU LA TUER ?... JE NE SAIS PAS. MAINTENANT JE PRENDS TRÈS BIEN TOUTES SES RÉPRIMANDES, MAIS À CETTE ÉPOQUE... ÉTAIT-CE SIMPLEMENT PARCE QUE JE N'ÉTAIS PAS ASSEZ MÛRE ?...
DEPUIS QUELQUE TEMPS, LA CUISINE DE MAMAN QUE NOUS MANGIONS POURTANT TOUS LES JOURS ME SEMBLE VRAIMENT BONNE...

J'AI BIEN MANGÉ.
TU N'AS PAS TOUT MANGÉ...
JE N'AI PLUS FAIM.
살인일기
저주한다
저주한다
저주한다
JOURNAL POUR UN MEURTRE
PAPA... TU TE DIS ÊTRE MON PÈRE ? SOIS MAUDIT SOIS MAUDIT SOIS MAUDIT.
POUR UN MEURTRE, C'EST LE COUTEAU ! UN COUTEAU SIGNIFIE MEUTRE !
UN SOMNIFÈRE, ÇA PEUT ÊTRE UNE BONNE IDÉE AUSSI.

07.2004

ÉLECTRICITÉ STATIQUE

Sketch au crayon, stylo, encre.

LA JOIE QUE JE RESSENS À L'INSTITUT…

ME CARESSER LE VISAGE AVEC UN PINCEAU !
J'AIME LES PINCEAUX DOUX DE CORÉE.
ET PUIS...
QUELQUE CHOSE D'AUTRE M'EMPLIT DE JOIE...
VOUS NE ME CROIREZ PAS MAIS...
JE COMMUNIQUE AVEC...

CET INSTITUT !
RIEN QU'EN Y PENSANT MON COEUR BAT TRÈS FORT.
MALHEUREUSEMENT.
... J'AI L'IMPRESSION QUE LE DIRECTEUR NE M'APRÉCIE PAS.
PEUT-ÊTRE QU'IL N'AIME PAS L'ODEUR DE LA CIGARETTE. C'EST UNE PERSONNE TELLEMENT NICKEL.
ET SI J'ARRÊTAIS ...

CLAC
!
MOI, J'ESTIME QUE JE SUIS UNE PERSONNE QUI ASSUME SES RESPONSABILITÉS.

C'EST POUR CELA QUE QUAND JE VOIS QUELQU'UN QUI NE LES ASSUME PAS, ÇA ME MET HORS DE MOI.
PARMIS LES PROFESSEURS, CE TYPE, LE PROFESSEUR JUNG, ME DÉGOÛTE AVEC SON ATTITUDE IRRESPECTUEUSE.
JUSTEMENT... CE GARS-LÀ.
D'APRÈS MES OBSERVATIONS...
... IL RESSENT L'ORGASME AVEC SON PINCEAU...
... IL RICANE EN REGARDANT LES LYCÉENNES...
... ET IL LÈVE LES BRAS POUR SENTIR SES AISSELLES...
CRIIII
CE TYPE EST UN PERVERS !

AH...! VOUS ÊTES VENU !
VOUS SAVEZ QUELLE HEURE IL EST ?
AH... C'EST DÉJA L'HEURE...
JE SUIS DÉSOLÉ... HA HA !

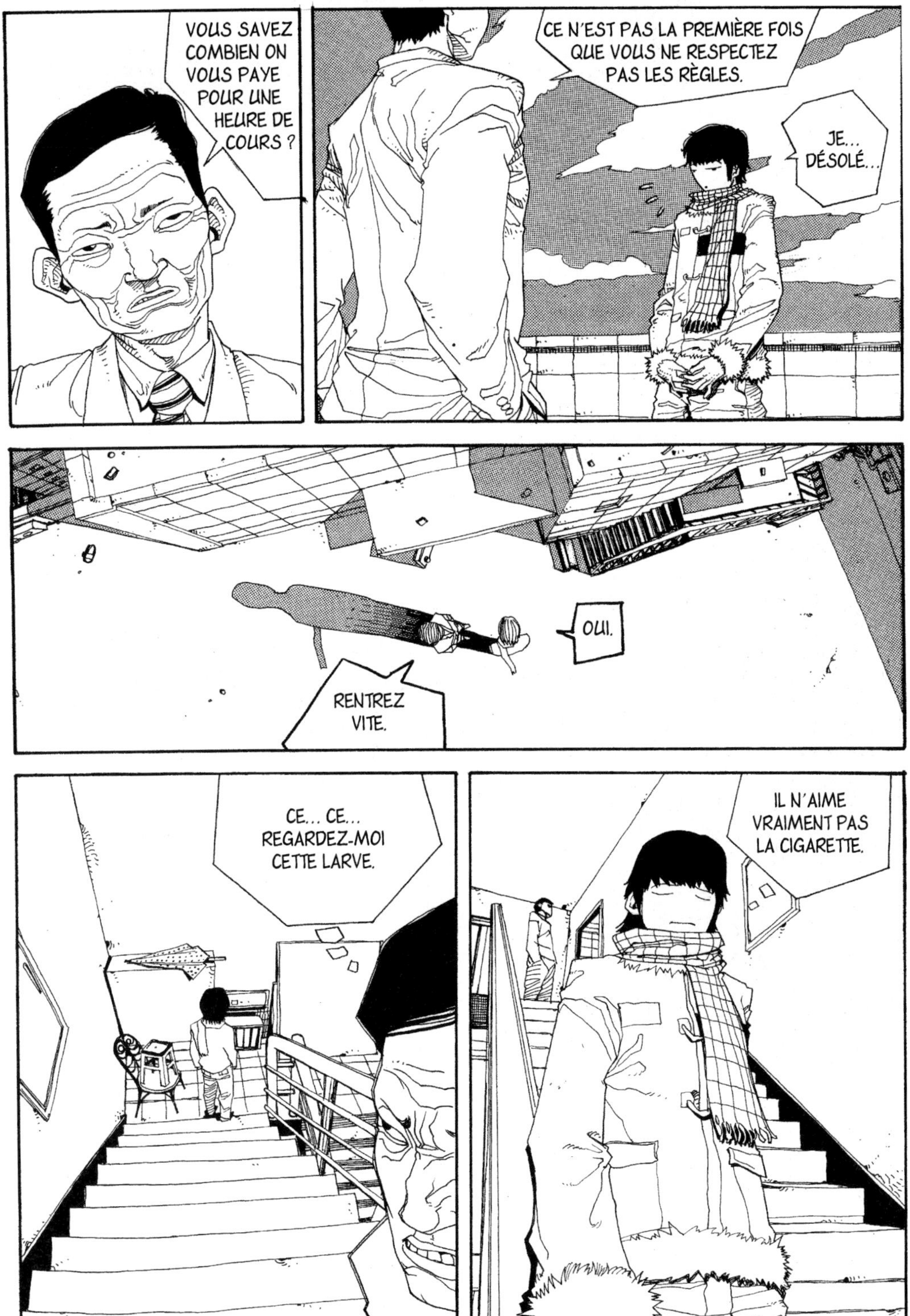
VOUS SAVEZ COMBIEN ON VOUS PAYE POUR UNE HEURE DE COURS ?
CE N'EST PAS LA PREMIÈRE FOIS QUE VOUS NE RESPECTEZ PAS LES RÈGLES.
JE... DÉSOLÉ...
OUI.
RENTREZ VITE.
CE... CE... REGARDEZ-MOI CETTE LARVE.
IL N'AIME VRAIMENT PAS LA CIGARETTE.

GRATT GRATT
IL FAUT LE COLORIER AVEC LA COULEUR QUI LUI VA LE MIEUX.
C'EST TROP VAGUE... !
SI ON PARLE TROP CLAIREMENT ON S'ÉLOIGNE DE LA RÉPONSE.
PFF ! C'EST BIEN CE QUE JE DISAIS, C'EST PAS CLAIR.
HUM... TU T'ES BEAUCOUP AMÉLIORÉE.
BAH ! C'EST GRÂCE À VOUS !

PROFESSEUR JUNG !
VOUS DEVEZ ALLER AU BUREAU DU DIRECTEUR.
SSS
SSS
VOUS AVEZ BIEN TRAVAILLÉ.
PROFESSEUR JUNG ! IL NE RESTE QUE PEU DE TEMPS AVANT LES EXAMENS C'EST POURQUOI JE VOUS DEMANDE DE FAIRE DES EFFORTS PARTICULIERS EN CE MOMENT.
OUI !

ET NE FAITES PAS DE CHOSES IMMO-RALES.
PAR-DON ?
NON CE N'EST RIEN. TRAVAILLEZ BIEN...
OUI ! MERCI.
AU MOINS, IL SAIT BIEN RÉPONDRE...
LE TABAC EST IMMORAL ?

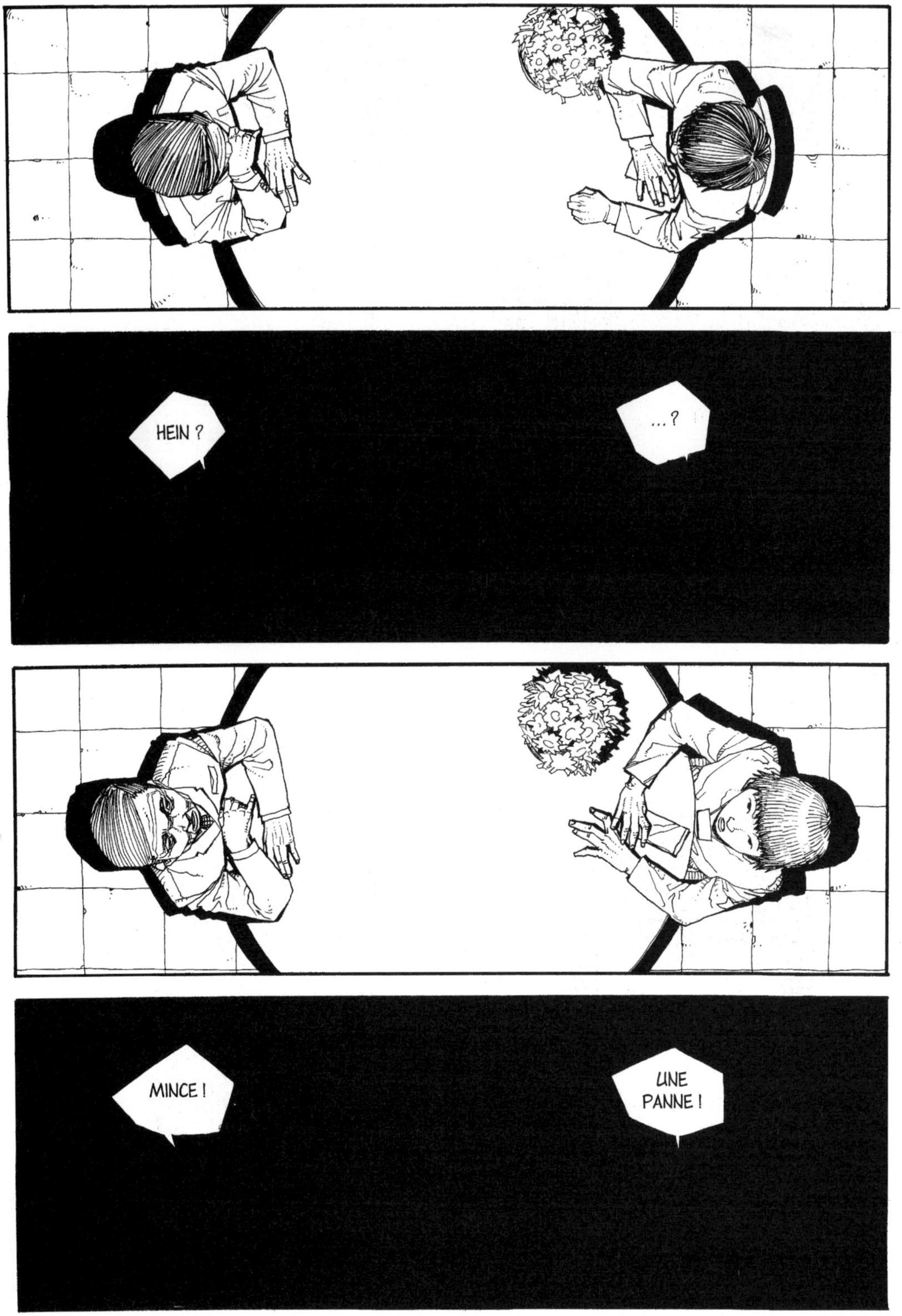
HEIN ?
...?
MINCE !
UNE PANNE !

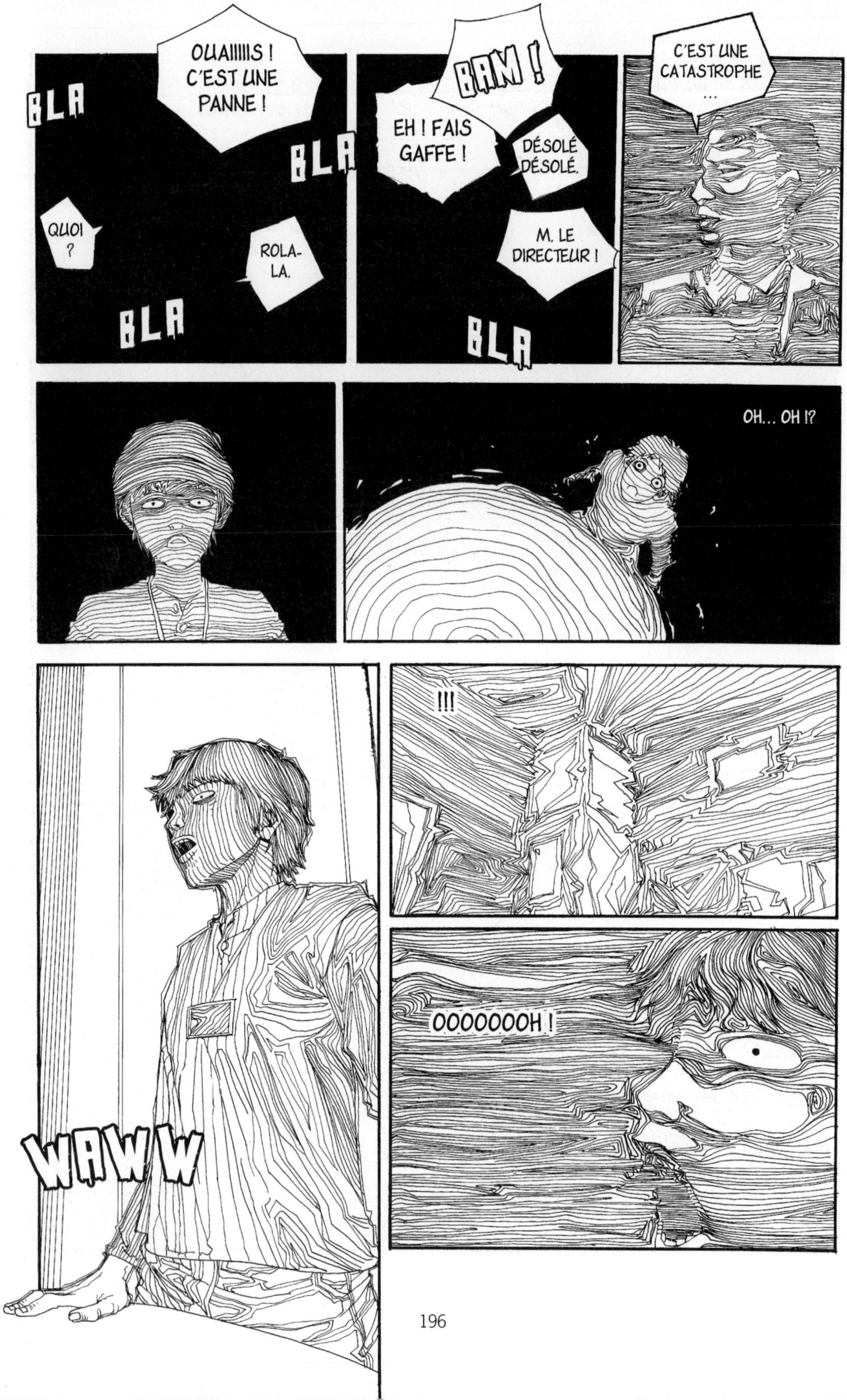
BLA
OUAIIIIIS ! C'EST UNE PANNE !
BLA
QUOI ?
ROLA-LA.
BLA
BAM !
EH ! FAIS GAFFE !
DÉSOLÉ DÉSOLÉ.
M. LE DIRECTEUR !
BLA
C'EST UNE CATASTROPHE …
OH… OH !?
WAWW
!!!
OOOOOOOH !

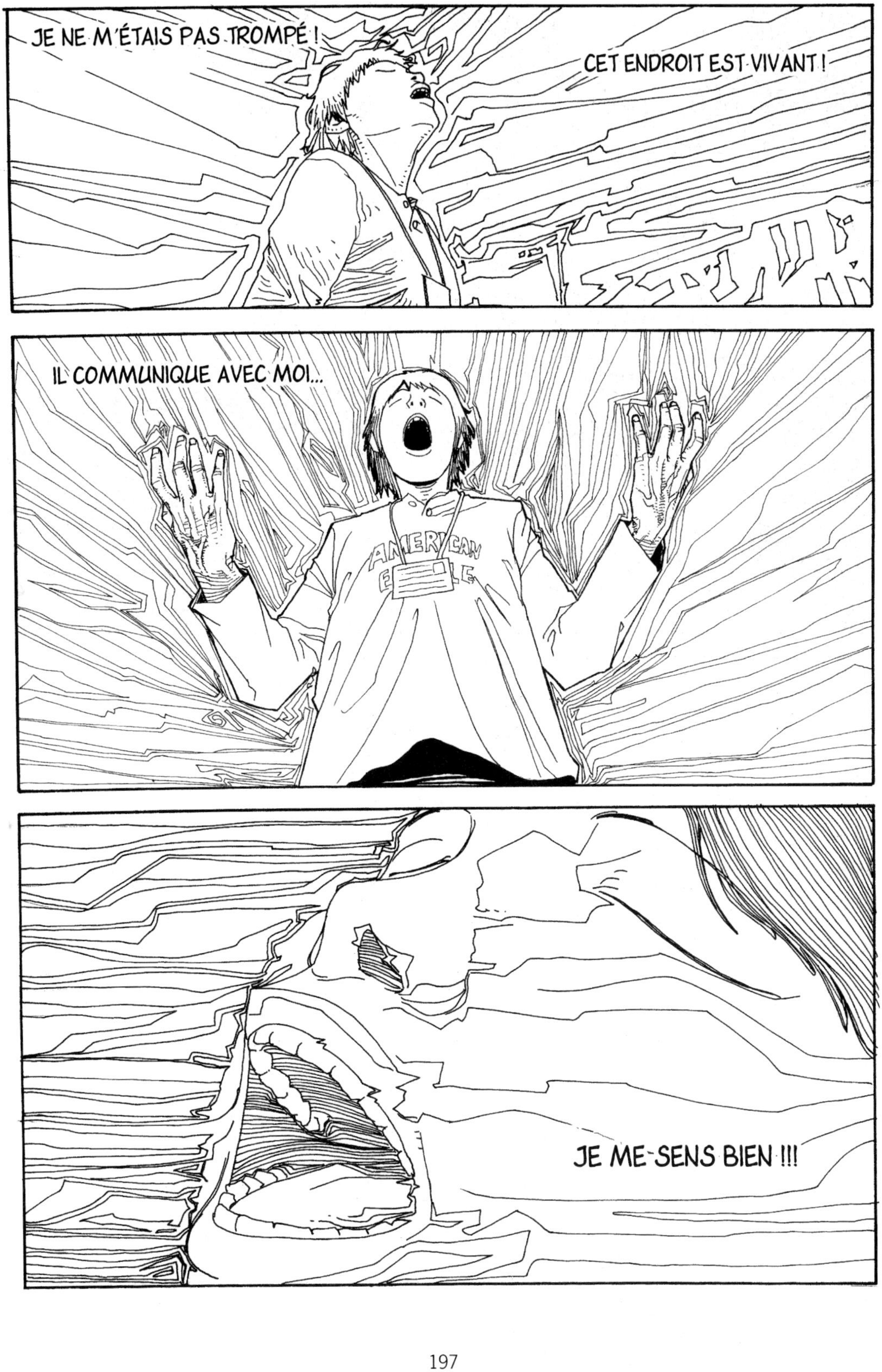
JE NE M'ÉTAIS PAS TROMPÉ !
CET ENDROIT EST VIVANT !
IL COMMUNIQUE AVEC MOI...
AMERICAN
JE ME SENS BIEN !!!

OOOOOOOOH...
TIC
ARG...~
SOHO ART
합격자
명단.

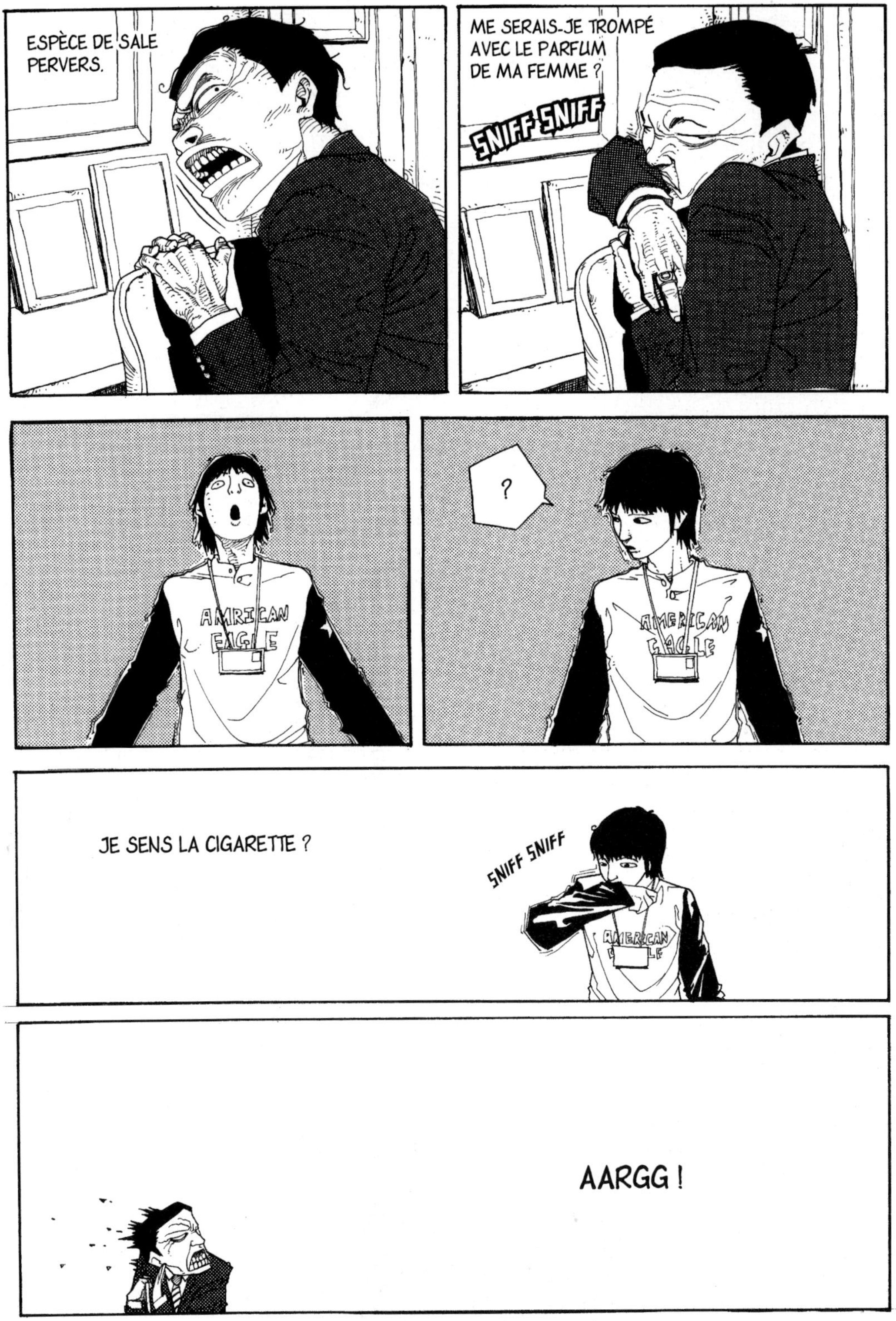
ESPÈCE DE SALE PERVERS.
ME SERAIS-JE TROMPÉ AVEC LE PARFUM DE MA FEMME ?
SNIFF SNIFF
?
JE SENS LA CIGARETTE ?
SNIFF SNIFF
AARGG !

BONJOUR !
HEIN ?
PROFESSEUR !
AHH... TE VOILA HYE-MI.
À QUOI VOUS PENSEZ COMME ÇA ?
NON, C'EST RIEN... JUSTE...
C'EST POUR ÇA QUE LE DIRECTEUR N'ARRÊTE PAS DE VOUS GRONDER.
C'EST VRAI... PFFF.

DOOOM
DOOOM
DOOOM DOOOM
DOOOM
DOOOM
DOOOM
JE... J'EN PEUX PLUS !
JE VEUX RESSENTIR
CELA ENCORE UNE FOIS !
DOOOM
DOOOM
DOOOM

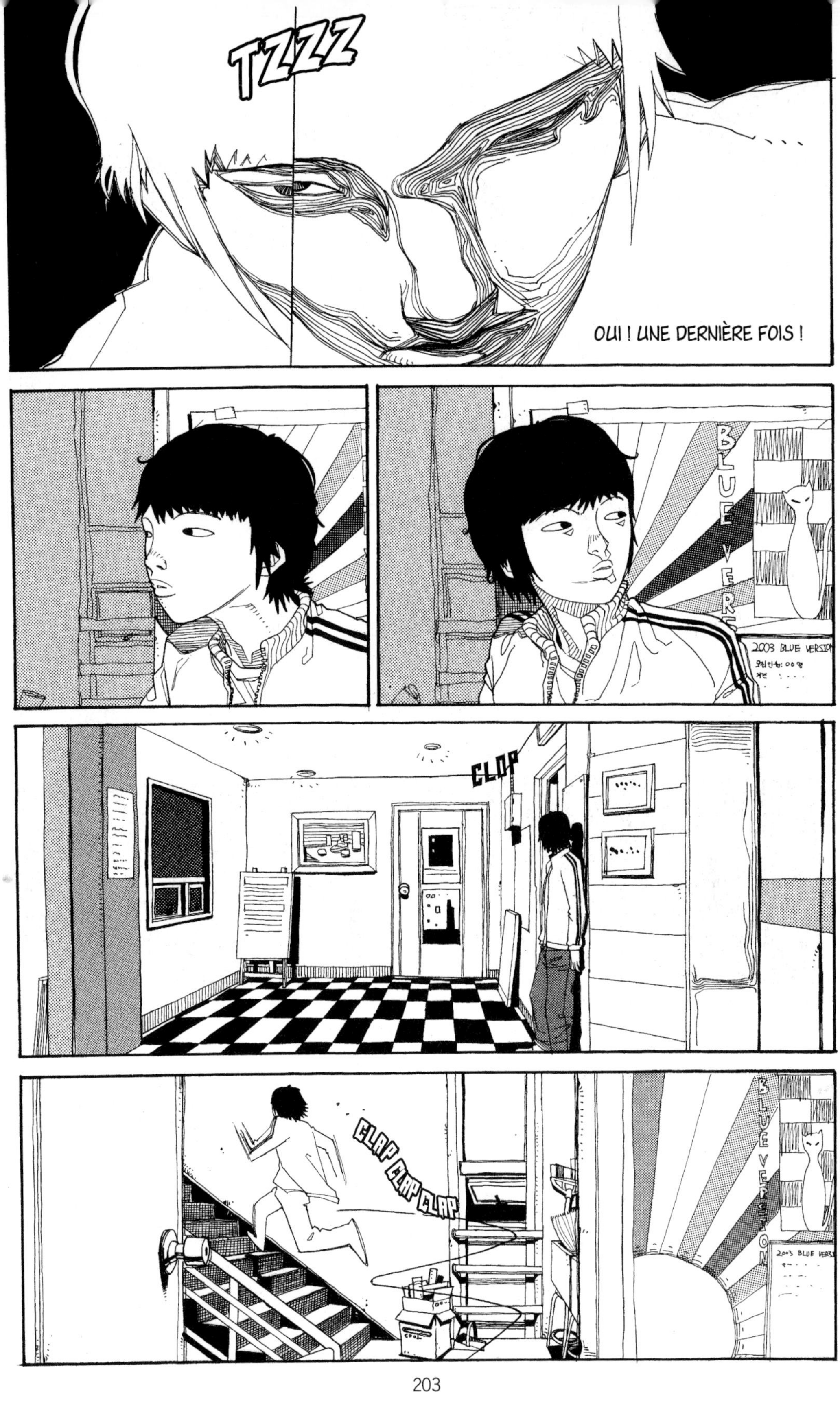
T'ZZZ
OUI ! UNE DERNIÈRE FOIS !
2003 BLUE VERSION
CLOP
CLAP CLAP CLAP
BLUE VERSION

HAA
HAA
HAA
HAA HAA
HAA
HAA
BRR BRR
MES ÉLÈVES, DÉSOLÉ. JUSTE UN INSTANT !
BRR BRR

PRIS LA MAIN DANS LE SAC !
FAIS DONC QUELQUE CHOSE.
TU VAS MORFLER.

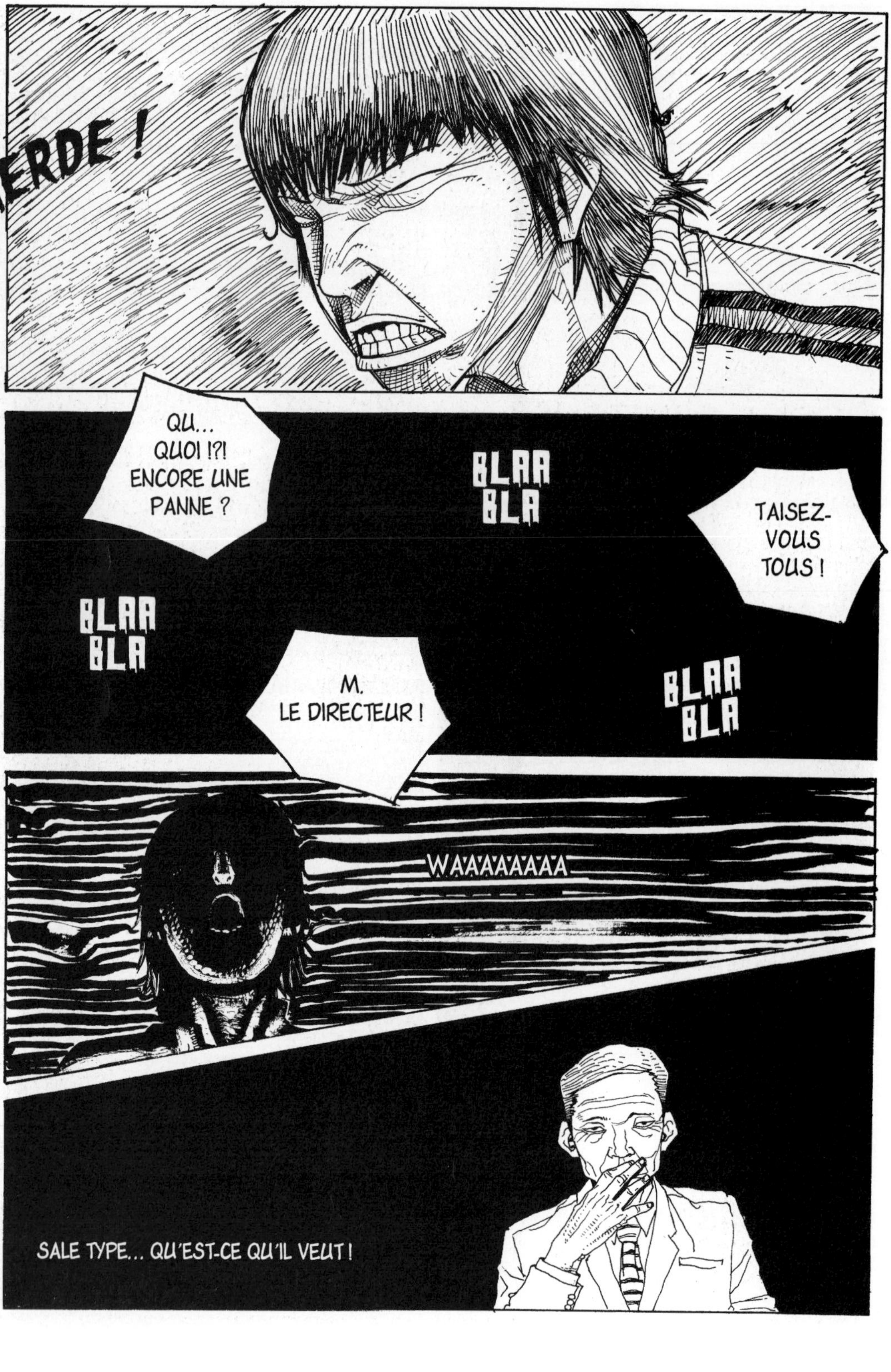
MERDE !
QU... QUOI !?! ENCORE UNE PANNE ?
BLAA BLA
TAISEZ-VOUS TOUS !
BLAA BLA
M. LE DIRECTEUR !
BLAA BLA
WAAAAAAAA
SALE TYPE... QU'EST-CE QU'IL VEUT !

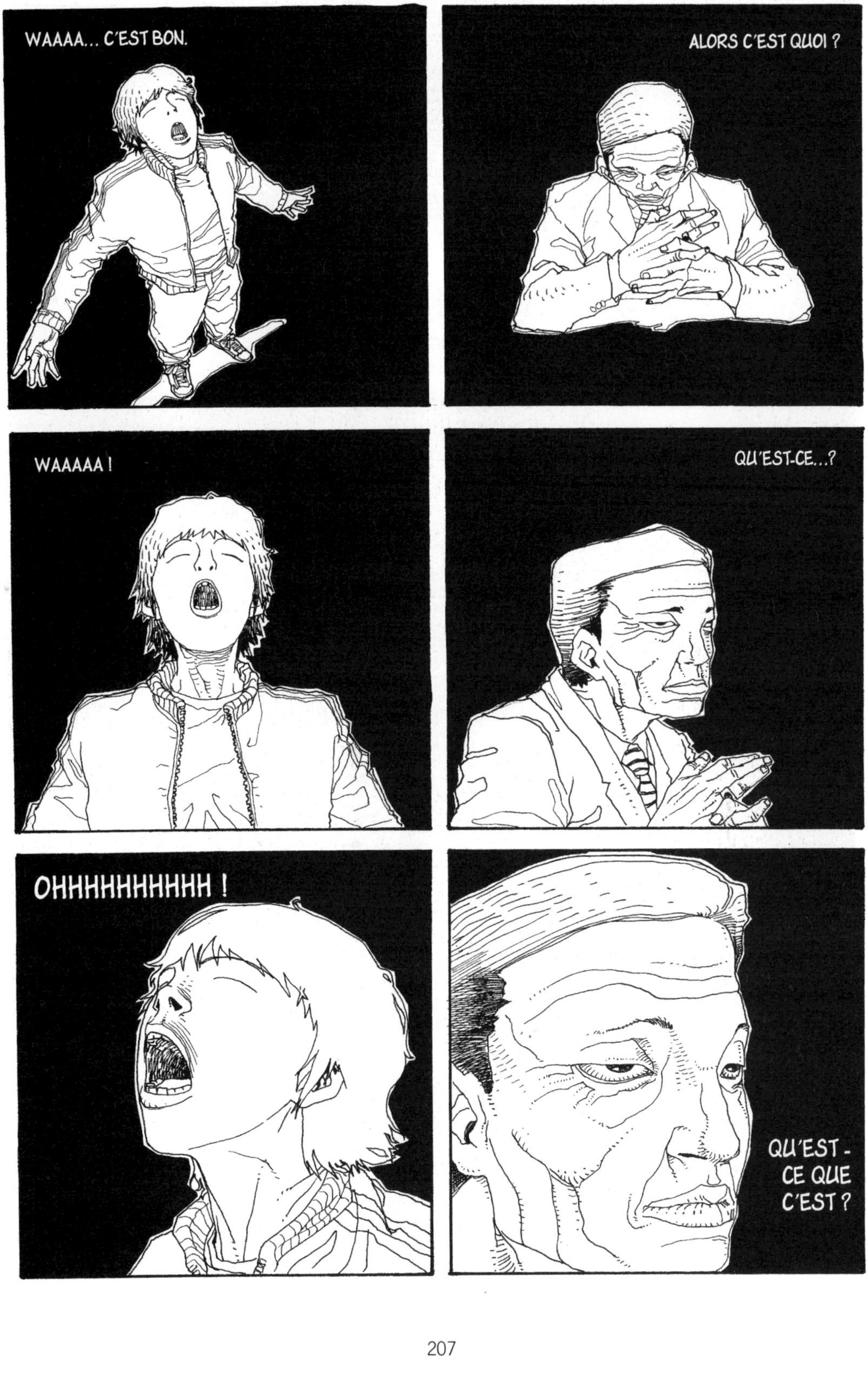
WAAAA... C'EST BON.
ALORS C'EST QUOI ?
WAAAAA !
QU'EST-CE...?
OHHHHHHHHHH !
QU'EST - CE QUE C'EST ?

AHHHHHH !
HEIN ?
QUEL EST CE BRUIT ?
IL VA ENFIN...
TAC

TIENS, LA LUMIÈRE EST REVENUE.
HYE-MI, ÇA VA ?
BOUU
BOUUU
QUELQU'UN M'A TOUCHÉE. SNIFF !
QUOI ? QUI C'EST ?
J'ÉTAIS DE L'AUTRE CÔTÉ, MOI !
MOI JE SUIS UNE FILLE... HI HI !
CETTE FILLE EST LOUCHE...
OÙ EST LE PROFESSEUR JUNG ?
AH ! M. LE DIRECTEUR.
QU'EST-CE QUI SE PASSE ?

SUIVEZ-MOI PROFESSEUR JUNG !
2003 합격 축하!!
미술학원
QUELQU'UN VOUS A VU COUPER LE COURANT !
VOTRE ATTITUDE HABITUELLEMENT IRRESPECTUEUSE NE ME PLAISAIT DÉJA PAS BEAUCOUP… MAIS LÀ C'EN EST TROP !
UN PROFESSEUR DIGNE DE CE NOM PEUT-IL FAIRE ÇA ?

DÉMISSIONEZ TOUT DE SUITE ! JE FERMERAI LES YEUX POUR LE RESTE.
OUI...
DEPUIS QUAND LA SITUATION S'EST TANT DEGRADÉE...
VU COMME IL EST SILENCIEUX, IL DOIT SE SENTIR MAL À L'AISE.
C'EST BON MAINTENANT. IL PARAÎT QUE C'EST LE PROF JUNG QUI A FAIT ÇA.
JE NE SAVAIS PAS QUE C'ÉTAIT UNE PERSONNE COMME ÇA...
QUOI, LE PROFESSEUR JUNG ?

NON ! CE N'EST PAS LE PROFESSEUR JUNGI !
SI, C'EST OBLIGÉ. QUELQU'UN L'A VU COUPER LE COURANT.
NON, MAIS... QUAND IL M'A TOUCHÉ LA POITRINE, J'AI ATTRAPPÉ LA MAIN DE L'AGRESSEUR ET IL PORTAIT UNE GROSSE BAGUE AU DOIGT.
QUOI ?!?
MAIS POURQUOI TU LE DIS QUE MAINTENANT, IDIOTE !
C'EST LA HONTE DE LE DIRE DEVANT TOUT LE MONDE...
UNE GROSSE BAGUE... NON...
QUOI ? POURQUOI ÇA SERAIT MOI LE COUPABLE ?
ELLE ÉTAIT SÛRE QUE LE COUPABLE PORTAIT UNE GROSSE BAGUE.

SUIS-JE LA SEULE PERSONNE QUI PORTE UNE BAGUE ? C'EST N'IMPORTE QUOI !
VOUS ÊTES LE SEUL GARÇON QUI EN PORTE UNE M. LE DIRECTEUR.
MAIS JE VOUS DIS QUE CE N'EST PAS MOI ! POURQUOI AURAIS-JE FAIT CELA ?
ÇA, VOUS DEVEZ LE SAVOIR MIEUX QUE NOUS !
AH... J'EN AI MARRE !
EN TOUT CAS, VOUS ME VOYEZ COMME UNE PERSONNE CAPABLE DE FAIRE ÇA ?
MERDE !
OUI !!!

AVOUEZ, PROFESSEUR JUNG ! C'EST VOUS QUI AVEZ FAIT ÇA !
MOI, JE N'AI JAMAIS FAIT CE GENRE DE TRUC.
ESPÈCE DE SALE...
JUSTEMENT C'EST LE PROFESSEUR JUNG QUI SERAIT UNE PERSONNE INCAPABLE DE FAIRE ÇA !
JE VOUS DIS QUE C'EST UN SALE MENTEUR !
C'EST N'IMPORTE QUOI...
ÇA VA ME RENDRE FOU !

COMMENT ON EN EST ARRIVÉ LÀ ?
ET PUIS...
... EN VOYANT LE DIRECTEUR ALLER SILENCIEUSEMENT VERS LES DISJONCTEURS...
POURQUOI Y VA-T-IL EN CACHETTE ?
HEIN ? QU'EST-CE QUE...?
J'AI JUSTE CRIÉ POUR LUI FAIRE PEUR CAR JE LE DÉTESTAIS DEPUIS LONGTEMPS...
IL PARAÎT QUE C'EST LE PROFESSEUR JUNG QUI A FAIT ÇA !
PROFESSEUR JUNG ?!?

JE NE SAVAIS PAS QU'ILS ALLAIENT ACCUSER MON IDOLE ! LE PROFESSEUR JUNG.
N'OUBLIE PAS DE RAPPORTER TON PAIEMENT POUR L'INSTITUT DEMAIN.
C'EST POUR CELA, EN ME RAPPELANT SOUDAIN...
LA BAGUE QUE PORTAIT TOUJOURS LE DIRECTEUR...
JE M'EN VEUX UN PEU POUR LE DIRECTEUR MAIS...
DEPUIS QUAND CETTE AFFAIRE A PRIS TANT D'AMPLEUR...
ARR ! POURQUOI ? POURQUOI MOI ?
C'EST BIEN MOI QUI AI ÉTEINT LA LUMIÈRE, MAIS POURQUOI UNE TELLE AFFAIRE S'EST PRODUITE ?

LE DIRECTEUR N'EST PAS UNE PERSONNE COMME ÇA.
NON...?
MAIS CE N'EST PAS MOI NON PLUS... AH LÀ LÀ...
EST-CE QUE C'EST LUI QUI A MONTÉ CETTE AFFAIRE ?
NON, IL N'EST PAS ASSEZ INTELLIGENT.
POURQUOI !
POURQUOI C'EST MOI QUI SUIS DEVENU LE COUPABLE, ENFOIRÉ...!
CE N'EST PAS MOI, MAIS LE DIRECTEUR N'AURAIT PAS PU FAIRE CELA NON PLUS...

QUE S'EST-IL
PASSÉ
À CE
MOMENT-LÀ ?

03. 2003

À propos des fuyards : **LOTTO BLUES**

La BD, en tant que divertissement populaire, est souvent mésestimée, considérée comme une échappatoire à la réalité. Mais étant donné que la BD jouit d'une grande popularité, il est certain qu'en fait, les hommes rêvent de s'évader de cette réalité. Cette fuite se passe tantôt dans des mondes parfaits imaginaires, tantôt dans de magnifiques aventures qui sont irréalisables dans le monde réel. Pourtant, si un auteur se focalisait sur les réalités oppressantes ou sur les fuyards désireux de s'en échapper, qu'en serait-il ? La BD ne serait plus une fuite de la réalité, mais un moyen de regarder en face les réalités exprimées à travers métaphores et fictions.

Le motif répétitif chez Byun Ki-hyun est « les fuyards ». Ses héros semblaient avoir vécu sans s'opposer à leur système quelle qu'en soit la nature : la ville dans laquelle les consciences sont contrôlées par les yogourts (*Amour dans la ville yogourt*), le monde imaginaire où sont élevés des êtres humains comme nourriture (*Food*), l'église qui prêche des idéaux, mais qui ne les respecte pas (*Lotto Blues*), les relations amoureuses exagérées (*Ladies and Gentlemen*)...
Et ces héros s'aperçoivent un jour de l'étrangeté de leur monde à travers un élément déclencheur apparemment insignifiant. Cette découverte n'est pas quelque chose de fondamental et de décisif, mais ils ne peuvent plus alors se soumettre à ce système, tels les premiers représentants de l'espèce humaine qui furent jadis chassés du paradis, après avoir goûté le fruit défendu. Leur seule solution est alors la fuite. Pourtant cette évasion n'est pas une réaction contre le système,

ni même une révolution pour un monde meilleur, il n'est qu'un geste de survie. Néanmoins les oeuvres de Byun Ki-hyun possèdent des éléments qui les empêchent d'être classées dans les ouvrages pessimistes. Et ceci, grâce à cette volonté de survivre qu'ont ces fuyards. L'évasion de ces héros apporte aux lecteurs l'espoir et la volonté de vivre. Ils leur fournissent alors l'occasion de reconsidérer cette réalité à laquelle ils espèrent échapper.

Lotto Blues est un ouvrage où sont rassemblées les nombreuses nouvelles de Byun Ki-hyun. Ces histoires ont été écrites à différents moments de sa carrière. C'est pour cela que les impressions que donnent les unes et les autres sont plus ou moins différentes. Cependant, ce qui est encourageant est le fait que plus les nouvelles sont récentes, meilleurs sont les histoires. L'auteur construit un univers cohérent. Et de ce fait, Byun Ki-hyun dépasse largement ce dont on pourrait attendre d'un jeune auteur. Ses regards pertinents et minutieux permettent de revoir d'une façon différente nos quotidiens monotones, tandis que la tendance actuelle met en place des œuvres fantastiques dont le contenu est une combinaison d'histoires artificielles et plates.

L'élément primordial au bon déroulement d'une histoire tragique est avant tout les dessins au style tragique. Les dessins de Byun Kihyun se différencient de la tendance actuelle où les personnages sont mignons et ont des sentiments peu profonds. Toutefois, ses dessins ne sont pas aussi durs que l'étaient ceux des années 80. Même dans ses œuvres les plus rudes, on peut entrevoir une technique et un raffinement profonds. Ses personnages possèdent des expressions vivantes (plus particulièrement lors des situations de désespoir et de désarroi). Même dans les moments relativement calmes, on peut deviner les sentiments profonds des personnages à l'expression de leur visage. Les différents angles de leurs regards ainsi que les positions dynamiques des cases leur permettent également de mieux s'exprimer. Ce jeune auteur essaie d'utiliser les matériaux et les couleurs les mieux adaptés à chaque histoire.

Bien que ce recueil soit sa première publication intégrale, Byun Kihyun est à l'origine d'une nouvelle vague de BD dramatique avec quelques autres jeunes auteurs tels que Choi Kyu-sok ou Suk Jung-hyun. Ces auteurs utilisent des dessins stylisés sans tomber dans une expérimentation simplement visuelle. Ils se préoccupent plus du déroulement de l'histoire et se servent habituellement de métaphores visuelles propres à la BD tout en restant réalistes. Ils parlent de la réalité cruelle tout en insérant de l'humour noir. Sans répéter tout simplement les aspects dramatiques et réalistes des dessins des années 80, ces BD intègrent et combinent tout le patrimoine des BD des années 90 où coexistent les mangas nippons, les BD d'Internet et les expérimentations visuelles. Ces œuvres qui rappellent la sensibilité du réalisme peuvent être appelées des « BD réalistes highbreed ». Nous espérons que les tentatives de ces jeunes dessinateurs qui veulent appliquer les mélanges et la liberté caractéristiques de la BD en fassent résulter quelque chose de bien. En effet, on peut l'espérer.

C'est un petit commentaire ajouté, après avoir pleinement apprécié l'œuvre de Byun Ki-hyun, et nous vous invitons de nouveau à déguster le Yoghourt, la Cuisse de poulet, ainsi que le Lotto.

Kim Nak-ho
Critique littéraire coréen

냠 냠
부끄 럽소
나 무섭지? 응? 응?
화륵
Zzz
따르릉~ 일어나!!
INK
우에엑!!

DANS LA COLLECTION

HANGUK
한국

LOTTO BLUES
Byun Ki-hyun

L'AMOUR EST UNE PROTÉINE
Choi Kyu-sok